ハヤカワ文庫 SF
〈SF2458〉

宇宙英雄ローダン・シリーズ〈723〉

ウウレマの遺伝子奴隷

K・H・シェール＆ペーター・グリーゼ

長谷川 圭訳

早川書房
9098

PERRY RHODAN
GENSKLAVEN FÜR UULEMA
ROBOTERSPOREN
by
K. H. Scheer
Peter Griese

Translated by
Kei Hasegawa
First published 2024 in Japan by
HAYAKAWA PUBLISHING, INC.
This book is published in Japan by
arrangement with
HEINRICH BAUER VERLAG KG, HAMBURG, GERMANY
through JAPAN UNI AGENCY, INC., TOKYO.

目次

ウウレマの遺伝子奴隷……………………七
ロボット胞子……………………………一四九

ウウレマの遺伝子奴隷

ウウレマの遺伝子奴隷

K・H・シェール

登場人物

ペリー・ローダン……………銀河系船団最高指揮官
グッキー………………………ネズミ＝ビーバー
アンブッシュ・サトー………超現実学者
ミンチ・リスペテ……………《シマロン》乗員。テラナー
ホーマー・G・アダムス……ヴィッダーのリーダー
カントール……………………同空挺・地上部隊の隊長。エルトルス人
ヤルト・フルゲン……………同工作員。もと統計学者
オンドリ・ネットウォン……同工作員。女戦士
アクテット・プフェスト……同ベテラン戦闘員。超重族
テチ・ウォソノフ……………同特務戦闘員。メッセンジャー
ペドラス・フォッホ…………カンタロの捕虜。自由商人

1

いくらなんでもやりすぎだ！

十五分ほど前に、大はしゃぎする女に水のなかに突き落とされたのだ。泳げないというのに。本当は足だけぬらしたかった。

池の直径はだいたい二十メートルほどだろう。深さははかりしれない。つかまる場所はなかった。ヤルト・フルゲンは大量の水を飲みこみ、必死の形相《ぎょうそう》ででたらめに手足を動かした。そして幸運にも、岸に生えていた植物の根に腕が引っかかったのだ。

おかげで、惑星ウウレマの酸素を含んだ空気をふたたび吸いこむことができた。そんなことには気づきもせずに、女はいまも泳いでいる。

ほっと胸をなでおろすやいなや、二匹の寄生生物がフルゲンのふくらはぎにへばりついて血を吸いはじめたので、生存の喜びは一瞬で消え去った。

水気の多い咳をしながら、フルゲンは寄生生物に向けて呪いの言葉を吐いたが、そんなことをしてもなんの意味もないことにすぐに気づいた。

スプレー式の殺虫剤を大量に吹きかけると、大きなヒルは二匹とも逃げていった。プロフォス人のフルゲンはそのようなさいの一般的な対処法に従って、二個所の傷を消毒した。どちらも驚くほど大きい。ウウレマでは、下等なヒルといえども強力な牙《きば》、あるいは吸盤かなにかをもっているようだ。

いくばくかの羨望を覚えながら、フルゲンは二名の仲間が泳いだり、潜ったり、水しぶきを飛ばしたりしているのを眺める。

「そんなに不用心に水遊びするなんて、あまりに軽率だろ」思わず大声で文句をいった。テラ出身の女が楽しそうな顔で息をぱっと吐いてなにかを答えたが、フルゲンには聞こえなかった。また、あの超重族の男の呼び声も、ただ耳のそばを通り過ぎていった。ヤルト・フルゲンの耳が悪いからではない。スギナの藪をかき分けて進む爬虫類が立てる騒音のせいだ。フルゲンが岸に腰かけ、なにも知らない二名のギャラクティカーがまだ泳いでいる池に、その爬虫類は向かっていた。

それほど大きな爬虫類を、ヤルト・フルゲンは一度も見たことがない。池の直径と同じぐらいの長さだ。胴体の厚さはフルゲンの身長ほどだろう。フルゲンとて、百八十二センチメートルもあるのだ。

その蛇の怪物が本当に爬虫類なのかどうかも、定かではない。蛇ではなく、トカゲなのかもしれないし、学術的にまだ名前がつけられていない動物種なのかもしれない。その口には歯が並んでいるので、蛇の口には見えない。

怪物はフルゲンのいる場所から十五メートルほど離れた場所で動きをとめ、唾《つば》を飛ばしはじめた。

いかにも酸性が強そうな毒々しいグリーンの液体が岸の近くに飛び散り、いまも泳いでいる両者が置いていたコンビネーションと飛翔装置に命中した。それらは泡立ち、まわりの自然物とともに沸騰した。

フルゲンの自己防衛本能が叫んだ。〝いくらなんでもやりすぎだ！〟

＊

プロフォス人には、逃げる場所がほとんどなかった。水場はほぼまん丸で、磨かれているとさえ思えるほどきれいに切り立った岩壁にぐるりと囲まれていた。そこを見つけたのは偶然だ。

もとから極度に几帳面《きちょうめん》なフルゲンは、二名の仲間とは違って、脱いだ衣服や装備をそのまま地面に置いたりはしなかった。

かれのコンビネーションはきれいにたたまれ、草の生えていない岩の上に置かれていた。草がないので汚れる心配もない。

さまざまな装置がついたベルトと飛翔装置にいたっては、日光の影響から守るために、岩の陰に置いたほどだ。この玄武岩が、フルゲンに幸運をもたらした。怪物はフルゲンの存在に気づかなかったのだ。少なくとも、まだ気づいてはいない！

さっきの騒音がまた聞こえてきた。水がいっぱいに充満した高圧ホースのノズルをいっきに開いたかのような音だ。

今回は、腐食性の酸の噴水が岸を越えて池の中央にまで届いた。最初に気づいたのはオンドリ・ネットウォンだった。酸による化学反応を示しはじめた水面上で、彼女の悲鳴が鋭く響いた。水面から蒸気が立ちのぼる。

ヤルト・フルゲンはいつものように行動した。かれは決して戦士ではない。だれかが反応速度の話をするとき、その速さを競うのではなく、まずはそのさいに生じる感覚や筋肉のプロセスについて考える。それがフルゲンだ。迅速な反応などを意図的にトレーニングしたことは一度もない。惑星スティフターマンⅢでシントロン統計学者として働いていたフルゲンには、そのようなトレーニングに費《つい》やす時間もなかった。

だから今回もみずからの本能に従った。パニックには陥らない。なぜなら、かれの脳は状況の整理で大いそがしだったからだ。

オンドリ・ネットウォンとアクテット・プフェストが無謀な潜水によってなんとか命を守っている隙に、フルゲンは自分の持ち物を抱えて走りだした。

だが、遠くへはいけなかった。何度めかにジャンプしたときに、コンビネーションが脚にからまって地面に倒れたのだ。

フルゲンの苦痛の叫びは、超重族の悲鳴でかき消された。蛇の怪物はうろこでおおわれたからだを前に進めた。巨大な頭を、岸を越えて二メートルほど突き出す。チューブのような舌を口からちょろちょろと出したり入れたりした。

フルゲンは、蛇が獲物を探しながら、毒袋が補充されるのを待っているのだと考えた。二回の大量放出で空になっているはずだからだ。

フルゲンはコンビネーションを手ばなし、ベルトだけをもってさらに走った。すこし先に、急な岩壁がある。右には、フルゲンには死しかもたらさない水があり、岸の左では、湿地に原始的な植物が生い茂っていた。

ぜえぜえとあえぎながら、フルゲンは斜面にたどり着き、そこから怪物を眺めた。ちょうどそのとき、アクテット・プフェストの頭がまた水面にあらわれた。すぐに、超重族の大声が聞こえてきた。

「撃て、早く……」

大きな頭がまた沈む直前、フルゲンは手でなだめるようなジェスチャーをした。そうするのが正しいと思ったからだ。アクテット・プフェストは事態の深刻さを正しく理解していなかった。

そこから百メートルほどの位置に、一体の巨大なロボット機械の輪郭が浮かんだのである。半時間前までは、それはずっと遠くにいた。そのことは、フルゲンにとって、その機械の作業ペースが予想を超えるスピードであることを証明していた。

その掘削ロボットは、この未開の惑星の地面に想像を絶する大きさの建設ピットを掘る。その穴が、未知の建築物の基礎になるのである。

フルゲンはベルトにとりつけられたケースからC4Cこと〝サイクロプス四連コンボ銃〟を抜いた。武器や兵器が嫌いなかれは、ホルスターという専門用語を使う気にはなれない。

C4Cは日に日に恐ろしさを増していった。この武器は秘密裡《り》に開発された銀河技術で、ふつうは非常に官位の高いカンタロだけが携行している。少なくとも全スポークスマンぐらいの地位でなければだめだ。

ところが、さまざまな紆余《うよ》曲折《きよくせつ》をへて、フルゲンもその伝説的なビーム銃を手に入れたのだった。当然、マニュアルもしっかりと読みこんだ。とはいえ、そのマニュアルには、特殊な探知機であれば検出できるインパルス発生機が銃の内部にひそかに組みこまれていることなど、どこにも書かれていなかったが。

蛇の怪物が三度めの酸を、岸を越えて水面に向けて吐きだした。アクテット・プフェストがぎりぎりのタイミングで水に潜ると、水面に化学反応が生じ、ガスが立ちのぼった。

C4Cに組みこまれているマイクロコンピュータのコンソールにパラライザーと表示されていた。フルゲンは無意識のうちに、そんな手かげんをしている場合ではないと感じた。その原始動物は、パラライザー程度で麻痺させられるとは思えなかった。

そこでプロフォス人は武器のシントロン・コンピュータにプログラムを高出力サーモブラスターに切り替えるよう命じた。銃把《じゅうは》に仕こまれた透明窓に確認のサインがすぐにともった。

フィールドスパイラルを巻きつけた銃身を慎重に蛇の巨大な頭に向ける。蛇はいまだに水に入るのをためらっていた。四本の短い前肢はすでに水に浸かっている。つまり、その蛇は這っていたのではなく、歩いていたのだ！

フルゲンは満足そうにうなずいた。謎がまたひとつ解けた！

「撃って！」水面から声が響いた。完全に追い詰められたものだけが絞り出せる絶望に満ちた叫びだった。

統計資料から得た知識をもとに、フルゲンは超重族にもオンドリ・ネットウォンにも、長時間にわたって泳ぎつづける能力はないと判断した。そんな能力があれば、そのほうが不思議だ。なにしろ、銀河系抵抗組織〝ヴィッダー〟の工作員たちには、泳いでリフレッシュする機会など、めったにないのだから。いずれにせよ、彼女らにはあと一分ほどがんばってもらわなければならない。フルゲンは自分自身にそういい聞かせた！

オンドリはすでに水を飲んでいた。もう長くは潜水状態を保てないだろう。

それでもヤルト・フルゲンは引き金を引かなかった。かれにとっては、指示が大切なのだ。指示を得て、それが正しいと思えれば、その指示はフルゲンにとってはある種の啓示となる。かつてカンタロに下僕として使われて地獄のような生活を送っていた二十九歳の男にとっては、それは当然のことなのかもしれない。

独裁政府の支配下の生活から解放されてまだ四週間にも満たないいま、フルゲンはあらたな指示を得た。しかし、今回指示を与えたのはペリー・ローダンという名のギャラクティカーとヴィッダーのリーダーであるホーマー・G・アダムスだ。

かれらの指示に従うなら、惑星ウウレマに秘密裡に潜入した工作員の存在をカンタロの労働ロボットに知られることだけは絶対に避けなければならない。

見られてはならないのはもちろんのこと、機械に探知されてもならない。原始的な建設機械が探知情報をみずから解釈することはないだろうが、知性のある存在によってのちにデータが回収される恐れがある。

だからフルゲンは、助けを求める声に応じなかったのだ。少なくとも、いまはだめだ！　高エネルギービームの発砲がかき消されるほど、掘削ロボットの出力が高まる瞬間を待たなければならない。

フルゲンは巨大ロボットを見上げた。その前方から噴出しているビームのシャワーは、特殊な改造をほどこされた分子破壊砲の放電により生じたものなのだろう。

ビームが地面に触れると、大量の土砂《どしゃ》が崩壊し、青く光る分子の凝集体に変わる。掘削が終われば、でたらめに反応する分子が機械に吸いこまれ、整列され、エネルギーとして圧縮され、最後には可変タイプの高圧エネルギー体として固体に変換されるのである。

その圧縮工程の終わりには、きわめて高密度で硬い直方体ができあがる。それらはすぐに、機械に組みこまれた小型の転送機によって別の機械に転送され、結合材でつなぎ合わされ、開いたピット、つまり分子崩壊で生じた地面の穴に置かれることになる。

ヤルト・フルゲンは発砲できる瞬間がくるのを、じっと待ちつづけた。Ｃ４Ｃに備えつけられているシントロン・ターゲット捕捉器が、フルゲンがターゲットと決めた場所に照準を当てつづけ、銃身の向きを固定していた。つまり、あとは引き金を引くだけだ。

蛇に向けて銃をかまえているかぎり、ブレることなどありえない。出力計算もマイクロコンピュータが自動で行なった。ターゲットの密度と体積から、放出する熱量がすでに算出されている。その熱量でターゲットを確実に破壊できる。さもなければ、マイクロコンピュータが破壊できないと報告したはずだ。

建設機械の上で空気が揺らぎはじめた。しばらくして揺らぎがとまったかと思うと、ガラスのようななにかに場所をゆずった。掘削ロボットがふたたび基礎設置機械へいくつかの直方体を転送した。

フルゲンは人差し指を曲げた。銃口から日光のように明るい光がはなたれた。その銃には射出のさいの反動を完全に打ち消す性能はないため、フルゲンは手に握った武器がうしろにぐっと動くのを感じた。

まばゆい光が目に刺さる。銃口からの轟《とどろ》きと、銃身に沿った空気の塊りの猛烈な揺れに、フルゲンは思わずうめき声を漏らした。かれにとっては、このテラとシガの技術が生んだ悪魔の産物を使うこと自体が、拷問に等しい。

光に視力を奪われた目が、奇妙ななにかを捉えた。それは岸の近くで空に向かってそびえ立ち、ぐらつきはじめたかと思うと、最後には地面に倒れた。

フルゲンはあの怪物が死のまぎわに直立したのだろうと考えた。視力が戻ってようやく、腰の高さほどのスギナの藪のまんなかで蛇の怪物の残骸が横たわっているのが見えた。神経反射でまだ痙攣《けいれん》をしている。朽ち木のように折れ曲がっているが、その頭部はどこにも見つからなかった。

フルゲンは爆音を無視して立ち上がった。C４Cは自動でセーフティロックがかけられていた。マイクロシントロニクスは、ターゲットを〝非脅威〟と分類した。

プロフォス人は建設機械を不安そうに見上げる。いまのエネルギー放射に気づいただろうか？　自分がやったことは正しかったのか？

フルゲンの両手は震えていた。視覚をふさいでいた光の環は次第に消えていった。聴覚も戻ってきた。

そのときになってようやく、自分が合成素材の下着以外なにも身につけていないことに気づいた。当然だ。足だけ水につけるつもりだったとはいえ、仲間と同じように服は脱いだのだから。

ヤルト・フルゲンは自分のからだを見おろした。短い下着はあまりに大きくてゆるい。そこにかれの貧弱なからだが加わると、本当にぶざまに見える。だが、拠点惑星アルヘナにあるヴィッダーの倉庫では、自分にちょうどいい下着が見つからなかったのだ。

フルゲンは薄紅色の怪物を調べる誘惑に駆られたが、アクテット・プフェストによってじゃまされてしまった。

スプリンガーの子孫が岸にたどり着いたのだ。プフェストは二・一Gの重力に慣れていたが、その筋肉はすでに力の限界に達していた。不慣れな水中と慣れた陸上とでは、明らかに動きのなめらかさが違う。

プフェストは左半身を下にして泳いでいた。右腕にオンドリ・ネットウォンの頭を抱えて、水に沈まないようにしているのは、彼女が気を失っているからだろう。溺れたのだろうか？

ヤルト・フルゲンは、これから数分、自分が責められるのを覚悟した。アクテット・プフェストはNGZ一〇七五年に生まれた。六十九歳になったばかりで、ヴィッダーではベテラン戦闘員に数えられ、特定の状況では非常に厳しいことで知られている。

フルゲンは汗をかきはじめた。それでもできるだけ早く両者を助け、なぜすぐに発砲しなかったのかを説明したいと思った。

一歩ずつ、素足で斜面をくだる。そしてようやく、怪物から裸足で逃げたさいに、足の裏をけがしたことに気づいた。数カ所に、尖ったものが刺さっていた。

プロフォス人はうめきながら斜面をおり、ようやくコンビネーションを置いた岩にたどり着いた。

向こうのほうでは、アクテット・プフェストが岸に這い上がっていた。水を吐き、空気を大きく吸いこんでからなにかをいったが、フルゲンの耳にはまったく届かなかった。

「待て、待て、すぐに助けにいくから！」右足をコンビネーションに突っこみながら叫んだ。

ものすごい雄叫《おたけ》びが聞こえて、フルゲンは思わず顔を上げた。なにかが飛んできた。本能的に身をかがめた弾《はず》みでからだが横に倒れる。おかげで、全力で投げられた石をよけることができた。その石は背後の岩壁にあたって四散した。

アクテット・プフェストの怒りは収まらなかった。プロフォス人を本気で殺すつもりのようだ。

「落ち着いてくれ！」身をかがめたままでフルゲンが叫んだ。「あれ以上早く撃つわけにはいかなかったんだ。検知されるリスクが大きすぎたから。残った力をむだに使うな……」

「残った力？」超重族の声が響いた。耐えがたいののしりの言葉がつづいた。その言葉に従えば、フルゲンは祖先とともにどこかの地獄へ追放されたことになる。

フルゲンには興味深い体験だった。そんな言葉を、かれはそれまで一度も聞いたことがなかった。ゲットー惑星ダオルメインで訓練を受けていたころは、意味深長な笑顔で叱られるのがふつうだった。特に看視奉仕局の有力者は笑顔の裏に脅しを潜めるのが得意だった。

アクテット・プフェストのやり方のほうがよっぽどましだと、フルゲンはつぶやいた。もう一度発砲をためらった理由を説明してから、ののしりの言葉がやむのを待って岩陰から姿をあらわした。そして、目に入った光景に息をのんだ。

「うそだろ！」プロフォス人はうめいた。今回は本当に度肝を抜かれた。

身長百六十五センチメートル、からだの幅百六十五センチメートルの超重族がシャベルのような手で意識を失った女の足首をつかみ、そのからだを宙に引き上げたのだ。岸辺でオンドリ・ネットウォンが、頭を下にしてぶらさがっていた。

「早くここへきて手伝ったらどうだ。このいかれ野郎が」プフェストが脅した。「もしオンドリが意識をとり戻さなかったら、きみを同じ目にあわせてやる！　医療装備をもってこい」

「それが、さ……さっきの大蛇の酸にやられて溶けてしまったんだ」若い男は口ごもった。「ほかの装備も」

そして、足を引きずりながら岩陰から出て、右足を振って、迷彩コンビネーションを脱ぎ捨てた。

「すまない。裸を見られるのがいやだったから」フルゲンは恥ずかしそうに笑った。

アクテット・プフェストが怒りの叫びを上げた。フルゲンには四角い顔のどまんなかに大きな穴があいたように見えた。プフェストの短い首の左右にある筋肉の塊りが、文字どおり盛り上がった。分厚い胸も大きく膨《ふく》らんだ。フルゲンには、環境に適応したスプリンガーのライトグリーンの肌が伸び、紫色に輝いたように見えた。

これもまた統計的には興味深いことに、フルゲンは言いわけをするまもなく、またも侮辱の言葉を聞いた。そして、目に入った光景に息をのんだ。

プフェストが自身の突出した骨盤の上にオンドリの上半身をのせ、右の肘で彼女の背中を押しはじめたのだ。まるで規則正しいポンプのような動きだった。ヤルト・フルゲンはその行動の理由をすぐに察知した。蘇生術なのだ。独特ではあるが、効果がありそうだった。ただし、プフェストの棍棒のような肘だけは気がかりだ。オンドリの肋骨をいまにも粉砕してしまいそうだった。

もう一点、フルゲンを気まずくさせたのは、オンドリがほぼ裸であるという事実だった。だれも水着をもってきていなかった。結局のところ、偵察のためにそこにきていたのだから。

フルゲンは足の痛みも気にせずに岩陰に戻り、コンビネーションを抱え上げ、オンドリのもとに急いだ。

そして、目をそらしながら、オンドリの裸の上半身にコンビネーションをおおいかぶせようとする。

「本当にばかなのか?」超重族がわれを忘れて叫んだ。「ありえない……偉大なアックラストよ、こんなことありえない！　きみはなぜ、さっきの怪物に食われなかったんだ?　なんでだ！　いったい、どうしてしまった?　本当に頭がおかしくなったのか?　オンドリの首を絞めてどうする。その袖もじゃまだ」

「でも、彼女は……その、彼女は女で……オンドリのからだが……」

「よけいなことをするな」プフェストがあえぐようにさえぎった。叫びすぎで、肺に空気が残っていないようだ。「袖の結び目を解け、きみこそモンスターだ」

「でも、彼女はなにも着ていない裸のままで……」

「これ以上その言葉をくりかえしたら、本当に池に投げ入れるぞ」アクテット・プフェストが脅した。ただし、今回は叫ばなかった。目の前のプロフォス人には、いくら叫んでもむだだと気づいたのだろう。

フルゲンは袖をほどき、オンドリの眉毛だけをじっと見つめた。アクテット・プフェストは肘を使った心臓マッサージをつづけた。フルゲンに助けを求めようともしない。だが、荒療治が功を奏したようだ。

若い女性が息を吹き返したのだ。口から水が流れ出たかと思うと、激しく咳《せ》きこみはじめた。

フルゲンはオンドリが両目を開く瞬間をじっと待った。プフェストは彼女をうつ伏せの状態で迷彩コンビネーションの上に横たえた。

「こんどこの女になにかをかぶせようとしたら、きみを魚の餌《えさ》にしてやるからな」超重族がいった。「彼女に必要なのは空気だ、わかるな？　からだが冷えるとかいうなよ。水は温かいし、日差しもある。きみの武器は？」

スティフターマンIIIのもと統計学者は思わず振り返った。そしてＣ４Ｃを置いてきてしまったことに気づく。

「ほらみろ！」ヴィッダーの戦士があざけるようにいった。「完璧な愚かさだ。まあ、ここで待ってろ。オンドリの呼吸と鼓動に気をつけろ。きみの装備は無事だったのか？　それとも、さっきの怪物に……」

「大丈夫、大丈夫」フルゲンが気まずそうにいった。ほぼ裸の女性と置いてけぼりにされるのが不安だった。「上の肌着だけなくなったけど。カニみたいな動物が何匹かいて、獲物としてシャツだけもっていってしまったんだ」

「シャツなんてどうだっていい」超重族がいった。「さっさとコンビネーションを着て、飛翔装置を付けろ。残念だが、その装置をわたしの背中に付けることはできないからな。その一台で、全員で飛ぶぞ」

「そんなの、最悪の夢でしか想像できないよ！」フルゲンが疲れた笑みを浮かべていった。「それができると思う？　この反重力装置はわたしのからだふたつ分の重量に合わせて設計されているんだ。だから、運べるのはせいぜいオンドリだけだよ。きみはここに残って、換えのコンビネーションをもってくるまで待っていてくれ」

今回、フルゲンは超重族の男を冷静な目で見つめた。アクテット・プフェストはその若者を頭の先から足の先まで眺めまわした。

「どうやら、ようやく冷静になったようだな？」

「事実は変えられないから。わかってくれ、友よ。カンタロの掘削ロボットは十五分後にここにくる。そうなれば、この池も、動物も、われわれの痕跡も分子崩壊する。あそこからなら岩壁を登れる。きみは強いから、この星の重力なんてなんともないだろう。どこかに隠れて、わたしが戻るのを待っていてくれ。とにかく、建設機械には近づかないこと。オンドリを拠点に運んだら、すぐに戻ってくるから。わかったね？　一回で全員を運ぶのはむりだ」

アクテット・プフェストはその説明に納得した。これこそ、いつものヤルト・フルゲンだった。武器を使ったり、裸の女性の相手をしたりしないかぎり、頼りになる男だ。

静かに呼吸しながら横たわっているオンドリの下に敷かれていたコンビネーションを超重族が引きだし、フルゲンに手わたして去っていった。フルゲンは足を引きずりながらコンビネーションをもって大岩の裏に隠れ、大急ぎで下着を脱いでコンビネーションを着用する。しかし、エネルギーバッグを背負って固定するよりも先に、安全カバーからバイブレーターナイフをとりだし、お気に入りだった赤い下着に切りこみを入れた。

装備を整え、オンドリのもとに急ぐ。

オンドリはすでに上体を起こしていた。そしてフルゲンに顔を向ける。オンドリはNGZ一一〇六年生まれ。三十八歳で精悍な美しさを備えている。ぬれた銅色の髪が肩にかかっていた。

フルゲンはすぐにパニックに陥った。

「すぐにこれを」そういって、さっきまで下着だったものを目の前に差しだす。「お願いを聞いてくれるよね？　それの下から両腕を左右の大きな穴に差しこんで、頭をわたしが開けた切れこみに通してほしいんだ。できるから。オンドリ……頼むよ！」

上のほうから超重族の男が水場に向けてどなる声が聞こえてきた。

「そいつのコンビネーションを剝ぎとって、水に落としてしまえ。もう我慢できない」

フルゲンは猛然と振り返った。

「うるさい、この恥知らずで下品なおしゃべり野郎め！」憤慨していた。「さっさといけ、そこの武器を忘れるな。貴重なものだからな。それとも、歩いて戻りたいのか？ロボット機械はもうすぐこっちへくるぞ」

アクテット・プフェストは岩の裏に消えた。フルゲンがふたたび振り返ると、テラナー女性は立ち上がっていた。オンドリはテラ生まれではないが、テラナーを自認している。

だが、そのときのフルゲンには、そんなことはどうでもよかった。懇願するような表情で、奇妙な形になった下着を差しだす。

「この人間のからだのなにが問題なの？」オンドリは問いかけた。暗い褐色の目でじっと見つめる。

「なんでもない、本当になんでもないんだ」フルゲンはあたふたと答える。「ただ、その、慣れていないだけで。とにかくこれを！」

オンドリは願いを聞き入れた。両腕を下着の穴に差しこみ、フルゲンがナイフで開けた切りこみに頭を当てた。

すると、オンドリの肩が震えはじめた。フルゲンは彼女がまた意識を失うのかと不安になったが、すぐにそれが痙攣ではなく、こらえきれない笑いからくる震えであることに気づいた。

スムーズに、とはいかなかったが、生まじめな統計学者が、なんとか頭が通るまで切りこみを拡大する。

髪と額が最初にあらわれ、そのあとようやく頭が切りこみを通り抜けた。こうして、フルゲンの下着が抽象的なブラウスに生まれ変わった。

「本当にごめん」ほっとしたフルゲンがいった。「穴がすこし小さかったね。きれいだよ、オンドリ。本当にエレガントだ。気分はどう？　わたしにつかまれるかな？」

「やってみるわ」息苦しそうにオンドリがいった。「でも、このエレガントな服はどこからきたの？」

「緊急時用の赤旗をつなぎ合わせたんだ」フルゲンはうそをついた。「いまはとにかく、ここを離れよう。急がないと、探知されてしまう。それどころか、建築資材にされてしまうかも。それで……あの……きみの両脚をわたしの腰にまわして、両腕で首につかまってもらいたいんだ。きみを運ぶのに、必要なことなんだ。背中には飛翔装置があるから」

オンドリはただうなずいた。スギナの藪の上空に巨大な建設機械の上半分が見えてきた。その怪物からバキバキという音とともに分子破壊砲のシャワーが吹き出している。原始的な森の一部が一瞬で消えた。巨大機械の内部から轟音《ごうおん》が聞こえてきた。

フルゲンは飛翔装置を起動した。マイクロシントロニクスはすでにプログラムしてある。フルゲンのような男は、この種の便利な機能の存在を決して忘れない。

オンドリ・ネットウォンは命の恩人にしがみついた。彼女の脚の密着と、腕の力強さを感じて、フルゲンは思わず声を漏らした。

発生した反重力フィールドがふたりのからだを包み、宙に浮かせた。それを感じて、フルゲンはほっと胸をなでおろした。飛翔装置は限界性能で上昇をはじめ、フルゲンと同行者を水平飛行態勢にすると、安全な岩壁の方向へ滑空した。建設機械が視界から消えた。

両者はそのまま岩壁を越え、背後にある広い平野へと進んだ。数キロメートル先に海岸が見えてきた。カンタロの大規模な建設現場は北緯二十五度に位置する中央大陸にあった。

海につながる眼下の平野は、南西方向がさほど高くない馬蹄《ばてい》形の山脈で囲まれていた。

あやうく全滅させられそうになった水場は山脈の麓《ふもと》に位置していた。

フルゲンははるか下の地面を走る超重族を見つけた。アクテット・プフェストが大きく手を振り、平野に崩れ落ちた大きな岩がいくつか集まっている場所を指さした。そこで隠れて待っているという意味だ。

フルゲンには、手を振り返す余裕がなかった。そこらじゅうに、オンドリのからだが感じられた。変なところにさわるのだけは、なんとしても避けたかった。彼女の唇が左の耳に触れているだけで、もう限界だった。折りたたみ式のヘルメットを展開したほうがいいだろうか？

「わたしのことを母親だと思ってみて」オンドリがいった。「名前はなんていうの？」

「マカレート。そう教えられた。ダオルメインで看視奉仕局に殺されたんだ。総合的再トレーニングという名目でね。わたしの両親はプロフォス人で、父は学者だった。父が権力ピラミッドに対して反乱を起こして、家族全員で追放されたんだ。わたしは両親を知らない。そして、エリート学校で育った」

「カンタロの洗脳機関は、愛情あふれる〝看視研修局〟と呼ばれている。そうでしょ？」

「そう。オンドリ、耳は！」

オンドリはふたたび息を吹きかけた。理性を失ったにちがいない。でなければ、こんな危険な飛行の最中に、そんな愚かなことができるはずがない。フルゲンには、もうなにがなんだかわからなくなった。

「フルギー、聞いてる？　フルギー……」

「もちろん、そんな大声で話されたら」フルゲンは抗議の声を上げた。「それに、わたしはフルゲンだ」

「大声？　フルギー、どうしてわたしを、こんなふうに、死なせたくない魚のように縛りつけたの？　わたしのためじゃなくて、あなたのため？」

「次になにかいったら、わたしの下着から追い出すぞ！」フルゲンはわれを忘れて叫んでしまった。自分の心を見透かされてしまったような気がした。

「下着？　赤旗じゃなくて、あなたの下着なの？　わたしは……」

大きな笑い声がフルゲンの耳を貫いた。シントロニクスでさえ、まっすぐ飛ぶのに苦労した。

2

工作員のなかには、反応の速さと妥協のなさだけのおかげで生きのび、ベテランになる者がいる。アクテット・プフェストもその部類に含まれる。

だから再実体化したときのグッキーは、プフェストがすぐに銃口を向けてきても驚かなかった。突然そこにあらわれたグッキーのからだに押しやられて空気がわずかに揺れ、聞きとれないほどかすかな音を立てた。非実体化するときのほうが、真空が生じるぶん音は大きい。

「ぼくだよ!」両手を上げてグッキーがいった。

超重族の男はサイクロプス四連コンボ銃を下に向けた。習慣から、銃をホルスターに収めようとしたが、いまはベルトをしていなかったので、しかたなく手にもちつづける。

「きみたちは本当に危険な生き方をしているね」ウウレマで一般的な迷彩コンビネーションを着ているネズミ=ビーバーが不満そうにいった。これまでのところ、セラン・スーツに頼る必要はなかった。カンタロが展開したロボットはどれも建設機械で、防御行動はプログラムされていない。ヴィッダーのコマンド部隊が銀河イーストサイドに拠点を置いたことに、外来の支配者たちはまだ気づいていないのだ。

NGZ一一四四年四月のはじめ、拠点惑星アルヘナの諜報コンピュータは、カンタロたちがシリカ星系に最重要秘密基地をつくろうとしているという結論に達した。ヴィッダーは今回もまた、カンタロが想像するよりもはるかに迅速に動いた。カンタロの最初の建設機械が白色恒星シリカの第三惑星に到着するよりも先に、ヴィッダーの工作員たちが作戦の拠点づくりをはじめていた。

そしていまはNGZ一一四四年五月十五日。午前十一時を過ぎたばかりだ。気温はすでに三十度を超えている。

アクテット・プフェストはまぶしそうに空を見上げた。シリカにはぜんぶで十二の惑星がある。ウウレマは地球に似ていたが、地球よりもはるかに原始的だ。南のほう、赤道近くでは、数多く存在する火山のひとつが噴火していた。その火山に、名前はつけられていない。ウウレマが詳細に調査されたことは、まだ一度もなかった。当面のあいだは、標準的な分類と描写で充分だと思えた。

グッキーは上げていた両手をおろし、超重族の男に歩み寄った。

「すてきな格好をしているね！」四角い体格の男に話しかける。「環境に適応したスプリンガーは下着姿がお似合いさ。ヤルト・フルゲンに聞いたんだけど、きみはかれを溺れさせようとしたんだってね。本当？」

グッキーの一本牙が見えた。機嫌が悪いのに、むりして笑ったのだ。寝ていたところをフルゲンに起こされて、平野で待っている超重族を連れてきてくれと頼まれたからだ。

「なにをしにここへ？」アクテット・プフェストがいらだちを隠さずにたずねた。「それに、わたしの見た目のことはほっといてくれ」

「きみは調子がよさそうだね」グッキーがにやりと笑った。その蛇とやらは、本当にそんなに大きかったの？　フルゲンは、ほんと、どうかしてるよ。「建設現場のすぐそばで水遊びをするなんて、ほんと、どうかしてるよ」

「それに関しては、例外的にあのばかのいうとおりだ」プフェストが吐き捨てるようにいった。「その話はもうやめにしよう。オンドリにいいくるめられたんだ。彼女が絶対に泳ぎたいっていうから。誘いにのったことを、後悔している」

「あのふたりが着陸するときのようすを、きみに見せてあげたかったよ」グッキーがくすくすと笑った。「オンドリが平然とした顔でフルゲンの下着を着ているのを見て、みんな驚いたよ。あんなににやけたペリーを見たのは数百年ぶりだ」

「きっとかれも同じようないたずらをしたことがあるんだろう」超重族がいった。「外からやってきたタイムトラベラーのきみたちには考えさせられる！　われわれのような戦士がきみたちを恐れて頭をさげるとは思わないほうがいい。わたしとしては、そのペリー・ローダンとかいう時代錯誤の男がどれほどの者なのか、この目で見てみたいものだ。さて、これからどうするのかな？　フルゲンには、自分でわたしを迎えにくる気がなかったのだろう？」

　グッキーは、クロノパルス壁の向こうからあらわれた二隻の宇宙船に対するアクテット・プフェストのコメントに深入りするつもりはなかった。

「そうとはいいきれないよ」グッキーは答えた。「フルゲンがぼくに頼んだんだ。かれは本当にへとへとに疲れていたからね。でも、きみの居場所の説明は完璧だったよ。さすがだね。おかげで、岩のあいだにかくれていたきみをすぐに見つけられた」

「あいつから正確さを奪ったらなにも残らない」プフェストがいった。「だが、きみのテレポーテーションで生じるプシオン性の衝撃波のことは、まったく考えなかったのでは？」

「考えてたよ！　それもすごく。いまのところは、掘削ロボットの転送放射によってプシオン性衝撃波がかき消される。あしたはどうかわからないけれど。さて、きみの重量はかなりのものだから、きみがぼくを抱えてよ。遠慮はいらない。熟練したネズミ＝ビーバーはムキムキ男を噛んだりしないから。それ、フルゲンのおもちゃ？」

　グッキーは前腕ほどの長さのC４Cを指した。フルゲンの細い指とは違い、超重族の手で握られると、それは実際より小さく感じられる。

「ああ、まさにおもちゃだ」プフェストはつぶやいた。「あいつはこのコンボ銃をこの岩のあいだにほったらかしにしていったんだ。置き忘れたんだよ」

「好感がもてるよ」ネズミ＝ビーバーがくすくす笑った。

そして両手を差しだす。プフェストがグッキーを抱え上げ、左腕に横たえた。

「どうぞ」と、つぶやく。「ちょっと待て！　きみは生きるフィクティヴ転送機だ。それって、いったいどうやってるんだ？」

「練習、練習」毛むくじゃらの小動物がいった。「ちょっと、しっぽをはさまないでくれる。まだ必要なんだから」

「きみのクローンをつくるべきだ」超重族の男はつぶやいた。「い、いや、いまのは侮辱したわけではないんだ。そんなに怖い目で見ないでくれ！　遺伝子工学が魔法でなくなったこの時代、いまのような発言は特別なことではないだろう。われわれのようなレジスタンスが毎日命をかけて戦っている理由がわかるなら、クローンという言葉の重みも理解できるはずだ。われわれギャラクティカーは情け容赦のない犯罪者のおもちゃにされている。ひとつ、提案させてくれ」

グッキーは幅が広く、なめし革のように見えなくもない超重族の顔を見上げた。アクテット・プフェストは、かつてのタルカン遠征隊のメンバーにとってはいまだに事実を事実として認めたくないほどおぞましいと思えることを口走ってしまった。

ってしまった。プフェストは不安そうに咳ばらいをした。その弾みで、グッキーを抱える腕に力が入ってしまった。

「わたしは、いわゆるテレポーテーションというやつが苦手で、申しわけないが、きみに対しては正直でいたいんだ。他者の思考が読めるんだろ。なら、わたしの本心もわかるはずだ」

「きみのような男に興味はないよ」グッキーが反論した。「古い部隊のミュータントはきみが思っているほど高圧的ではないよ。なにがしたいの?」

「飛行できるスーツをもってきてくれないか? きみにとっては、簡単なことだろう。自分で基地に戻りたいんだ」

グッキーは、超重族の男が怯えているのに気づいた。そんな感情に出会ったのははじめてだ。宇宙的規模のカタストロフィによって平和と自由を奪われたギャラクティカーの子孫は、以前の知的生命体とはどこか違う。

「きみたちには、ぼくたちに対する疑念があるようだね」イルトはいった。「きみにスーツをもってきたら、衝撃波が生じちゃうよ。きみはそんなこと……」

「いや、いや、なら、自分で歩く」超重族があわてて話をさえぎった。「どうせだれにも気づかれないだろう。ちゃんと……」

グッキーが意識を目的地に集中すると、一瞬で非実体化した。なにが起こったのかを理解するまもなく、アクテット・プフェストは仲間が苦労して掘った洞窟基地の入口前に立っていた。

「……用心するから」アクテットはいいはじめた言葉をいいおえた。そして、混乱した表情であたりを見まわしてから悪態をついた。

「着いたよ」グッキーが笑った。「どう、悪くなかったでしょ？　ほら、しっかりして。ぼくに運んでもらえる栄誉は、だれにでも与えられるわけではないんだよ。さあ、おろしてくれないかい？」

超重族の男はネズミ＝ビーバーをおろした。

「あんなふうなんだ」プフェストが驚いてつぶやいた。「悪くはなかった。時間は失われないんだな？」

「それは距離によるね。それに運ぶ質量も関係してくる。それじゃ、またね」

グッキーはレジスタンスの戦士に手を振り、目の前にある岩に向かった。突然、岩の向こうにヒューマノイドの顔と銃口が見えた。

「きみのその性格には慣れが必要そうだな！」背の高い何者かが、ネズミ＝ビーバーに叫んだ。その左頰には、指の長さほどの傷跡がある。「カンタロとその共犯者の帝国では考えるよりも先に反応しなければ長生きできないことを、きみも、きみの後継者たちも知っておいたほうがいい。友よ、わかってくれ！　きみのすばらしい能力のことは知っている。だが、わたしにはそれを使わないほうがいい。でないと、痛い目にあうぞ」

グッキーはそのヒューマノイドをじっと見つめた。そのグレイの目は、恐ろしいほど冷たい印象を与える。痩《や》せ細った顔は、そのヒューマノイドが幾度となく生死をかけた戦いを経験してきたことを物語っていた。どういうわけか、その顔は終わることなく警告を発しているように感じられる。

「見たことのない顔だね。ここははじめて?」グッキーが問いかけた。

背の高い男の頬にかすかなほほえみが浮かんだ。

「そういうことだ。わたしの名はテチ・ウォソノフ。惑星オリンプで生まれたテラナーの末裔《まつえい》だ」

「その惑星ならよく知ってるよ」グッキーがうなずいた。

「ついてきてもらいたい」ウォソノフが話題を変えた。その視線が超重族を捉えた。グッキーには、ウォソノフが一瞬で必要な情報をすべて読みとったかのように思えた。きっと、鋭い観察眼の持ち主なのだろう。

アクテット・プフェストの奇妙な身なりや、もう気づいているはずの水場での出来ごとなどについても、まったく興味を示さない。そうしたことに気づいてはいても、言及する価値はないとみなしたのだろう。たぐいまれな才能だ。グッキーは不安を覚えた。無意識のうちに、グッキーはテレパシーを使ってその見知らぬ相手の思考を探ろうとした。しかし、恐ろしくなってすぐにやめた。自身の精神を燃やす、らせん状に回転する炎に遭遇したからだ。

ウォソノフはさげすむような目でグッキーを見つめた。

「おかしなもので、きみのような知性体は、そうせずにはいられないようだな」と、グッキーに話しかけた。「いいや、わたしはミュータントでも、クローンでもない。代わりに、自由を愛する専門家によって、精神に安定がもたらされた。われわれの敵にはそんなことをためそうとするなよ。かれらの多くは、きみのことをすぐに見破るだろう。テレキネシスを使って防御するまもなく、殺されてしまうぞ。テレポーテーションする暇もない。わたしですら、きみを一瞬で殺すことができた」

いまになってようやく、グッキーはなぜ自分がこの大きな男に不安を覚えたのかを理解した。この男は、まったくもってふつうの人間なのだ。ただし、極端なまでに自己を鍛え、物事を深く学習したタイプの人間だ。

「きみにはまだ学ぶことがあるといったはずだ」アクテット・プフェストが口をはさんだ。「この銀河系では過去六百年で多くのことが変わった。きみにも、最高級のマルティ・サイボーグを驚かすことはできない。きみが精神のプシオン放射を使ってやることを、マルティ・サイボーグは技術の力でやってのける。生じる力はほぼ同じだ。きみは一瞬にして格さげされるんだ。本来の自分に」

「自分の限界を見誤った、ちっぽけでか弱い毛むくじゃらの生き物にな」ウォソノフがプフェストの言葉を引き継いだ。「さあ、なかへ。連中がきみらのことを待っている」

グッキーは手を握られ、前に引かれた。すると、まだ完全にカモフラージュされていない洞窟基地の入口が見えた。

「ここではきみの能力に感心する者などいない、ちび！」プフェストがネズミ＝ビーバーにいいはなった。「カンタロと対峙《たいじ》したことがある者はなんとも思わない。カンタロたちはなんだってできるからな。わかるか？」

「覚えとくよ」グッキーが不安そうに答えた。「あのテチ・ウォソノフって何者なの？」

超重族が突然笑いだした。そして洞窟システムの入口を注意深く観察した。電気系統の敷設にいそしむブルー族が冗談をいってきた。プフェストはなにもいわずに手だけを振った。

「そんなことをたずねるのは、きみのような新参者だけだ。ウォソノフはメッセンジャーだ」

「わからないよ」

「だろうな。組織にも、メッセンジャーはごくわずかしかいないからな。かれらは特殊任務をこなすために高度なトレーニングを受けたギャラクティカーだ。どこかで重要なカンタロを退治する必要があるとき、ロムルスがメッセンジャーを送りだす。かれら以外には、達成できない任務だ。みんな変装の達人で、そのシステムを熟知している。ウォソノフはかつてインヴィトロに扮して任務に就いていた。惑星アラロンでは、カンタロの遺伝子工場をふたつ破壊した」

「要するに秘密諜報員のことだね。そんなのはずっと昔からいたよ」

「なにもわかっていないな。むしろ、エクトピック・ハンターを想像したほうが、ウォソノフのことを理解しやすいだろう。気をつけろ、そのケーブルは通電しているぞ」

アクテット・プフェストがつかのまイルトを腕に抱きかかえた。グッキーはつい最近まで軌道上で待機している《シマロン》にいた。数百年にわたってロムルスとだけ名乗ってきたホーマー・G・アダムスが、グッキーはウウレマ基地に必要だと判断したのだ。

四週間前から基地の設営がつづいていた。洞窟内には大きな空間が八つあり、それぞれが通路でつながっている。かぎられた時間で必要なものをすべてそろえるために、天然の洞窟を拡大することにした。

理想的な場所として、山脈の近くにある高台が見つかった。そこからなら、カンタロの建設現場が見えるからだ。

ウウレマ滞在は一時的なものにすぎないことがはじめからわかっていたので、快適なすみかをつくる必要はなかった。技術的な設備が整えばそれで充分。それでさえ、設営するのは大変な作業なのだから。

アクテット・プフェストはそのへんに転がっている物資をまたいで歩いた。外出しているあいだに、転送機で送られてきた物資だろう。拠点の拡張はまだ完了していない。だが、洞窟の拡大にもちいたロボット機械はすでに姿を消していた。内装は、《シマロン》と《クイーン・リバティ》の乗員が担当したが、ときには専門家のチェックが入った。

プフェストは前部の宿泊部屋のドアを急ぎ足で通り過ぎた。すでに起動している監視装置がかれを自動でスキャンし、通過を許可した。

超重族はふたつめの宿泊部屋の入口にたどり着いた。そこでネズミ＝ビーバーをおろす。

「終着駅だ、ちびよ。ジャンプしてくれてありがとよ。わたしはとりあえずなにかを食べてから……」

「アクテット・プフェスト、テチ・ウォソノフ、グッキー、司令室へきてくれ」スピーカーから声が聞こえてきた。「いますぐだ！」

超重族が額の汗を拭《ぬぐ》った。

「下着でか？」不満をこぼす。「まったく、こんどはなんだってんだ？　着替える暇もないのか？」

「だめだよ、きみの美しさをみんなに見てもらわなきゃ。ほら、急いで、急いで！」

「あれはカントール、空挺・地上部隊の隊長だ」グッキーが笑った。「きみたちの《クイーン・リバティ》のクルー。二千年前なら、がんこ親父と呼ばれていたタイプだよ。かれはいつからここにいるの？」

「わからない。だが、そろそろだれかがあいつの牙を抜くべきだ」プフェストがぼやいた。「いやがらせばかりしてくるんだから。《クイーン》に残って、そこで威張り散らしていればいいものを」

「エルトルス人の牙を抜くの？」グッキーが笑った。「ぜひやってみせてよ、おでぶさん」

3

現代のギャラクティカーとの最初の遭遇はぎくしゃくしたものになると、ペリー・ローダンは覚悟していた。かれらにしてみれば、テラナーなど遠い過去の遺物なのだ。また、カンタロによって歴史が改竄《かいざん》されたことで、ローダンの功績は大きく歪められていた。

その名を葬り去ることはできなかったが、かれの経歴や行動の多くは歴史から消し去られていたのである。故郷銀河の惑星でささやかれるローダンの話といえば、ファンタジーに富む冒険譚ばかりだった。ほかの銀河では、あちこちに出向いては、いく先々で富を吸いつくす寄生虫のような人物として描かれていた。

だが、ペリー・ローダンは惑星ウウレマにやってきてはじめて、そのようなさまざまな、たがいに矛盾する噂がヴィッダーのレジスタンス戦士たちの考え方にどれほど影響しているのかを目《ま》のあたりにした。かれらはローダンを、偉大なテラナーを、どう扱うべきか決めかねていた。

その数週間前、ローダンは球状星団M－55の惑星アルヘナにあるヴィッダーの秘密基地にいた。

そこでホーマー・G・アダムスによって、いわば隔離状態で拘留されていた。たくさんのことを話し合う必要があったからだ。

そしていま、NGZ一一四四年五月なかば、新時代に生きることのむずかしさを、ローダンは知ることになる。

アルヘナの秘密基地には、銀河系全体から情報が集まってきた。それらを高性能なシントロン・コンピュータが処理し、解析する。

何百ものレジスタンス戦士たちが、自分たちには扱いきれないちっぽけな情報の数々を届けてきた。

それらの情報のかけらを集めて、アルヘナでひとつのモザイク画につなぎ合わせるのである。一見無意味に思えることが、突然ほかの問題を解く鍵となり、大きな意味をなすこともあった。

NGZ一一四四年三月にペリー・ローダンがホーマー・G・アダムスと会って以来、アダムスの言葉を借りるなら、世紀の出来ごとが矢継ぎ早に起こった。

そのはじまりは、クロノパルス壁の外から二隻の見知らぬ宇宙船がやってきたと伝えるヤルト・フルゲンの知らせだった。これにより、銀河系の外は純然たるカオスが支配するのではなく、いまもまだ生命が存在することが明らかになった。

また、ヴィッダーのギャラクティカーとして唯一、ヤルト・フルゲンだけがヒューマノイドのペドラス・フォッホを目撃した。そのフォッホの口から、完全に隔絶された銀河系の外では、生命が自由に生きているという話が語られた。

こうして、ローダンやアダムスら旧知の面々は、再会を祝うことができたのである。

これほど大きな出来ごとが、カンタロの耳に入らないわけがない。NGZ一一四四年四月がはじまったころから、各地のヴィッダーから届けられる情報が増えはじめた。それらからアルヘナが出した結論は、カンタロたちが極秘で銀河イーストサイドに拠点を築こうとしている、というものだった。

シリカ星系の第三惑星に、技術・軍事用の多目的基地が建設されることがわかった。大規模な遺伝子工場を、それに加えて、おそらく実験材料を確保する場所として巨大な捕虜収容所も建設する計画が立てられていた。

工場の防衛目的で軍事施設がつくられ、のちにはその施設を、クロノパルス壁の外にあるふたつの球状星団M－70とM－72への進出の足がかりにすることになっていた。

ペリー・ローダンとアンブッシュ・サトーはすぐさま懸念を表明した。両者とも、捕虜収容所を建てるためだけに、カンタロがそれほど大規模な行動を起こすとは思えなかったのだ。

ローダンは、カンタロが銀河系宙域にやってきたのには、ヴィッダーたちが考えているよりもはるかに深刻な目的があると主張した。

アンブッシュ・サトーにいたっては、超巨大な軍事基地の建設さえ疑っていた。かれの考えでは、捕虜収容所と遺伝子工場はただのはじまりにすぎない。

大まかにいえば、ローダンとヴィッダーたちの見解は一致していた。ヴィッダーもあらたにもたらされた情報を真剣に受けとめていたし、即座にウウレマに作戦拠点を築くことも決めた。そこで、今後の発展を見守ろうと考えたのである。

だが、そのために利用できる手段は乏しい。レジスタンスとはそういうものだ。この点は、今後も決して変わらないだろう。

アダムスには、カンタロのように豊富な物資に頼ることはできない。あらゆる点で、手持ちのわずかな物資から最大の効果を引きだす柔軟さが求められる。

そして、少なくともカンタロのロボット機械よりも先にウウレマに到着することには成功した。天然洞窟の拡大には多大なエネルギーが必要で、ロボットよりも到着が遅れていたら、まちがいなく探知されていたことだろう。

だが実際には、建設ロボットをのせたカンタロの宇宙船が到着したのは、拡張工事が終わったあとだった。ロボットはすぐに工事をはじめた。

現時点では、二百五十平方キロメートルの土地が開発される見こみだ。

当初の予測をはるかに超える規模である。カンタロは銀河イーストサイドに大型の基地を置くつもりだというローダンの予想が、現実味を増した。

だが当面のあいだ、ヴィッダーは可能なかぎり目立たないように行動することに努めた。その目的は明白だ。建設規模が当初の予想を超えるかどうかは関係ない。

ウウレマが拠点惑星として利用されるのなら、大量のデータが集まってくるはずだ。カンタロのスーパーテクノロジーに関するデータや、さらには、プロパガンダに利用できる情報が。

カンタロの大型基地計画を頓挫させることができれば、奴隷のような生活を強いられている銀河系の種族に、これまでよりもはっきりとした形で、外来の暴君たちは無敵ではないと知らしめることができる。ヴィッダーにはあらゆるリソースが欠けていた。特に、暴力や抑圧に対する怒りと不満のはけ口を探している知的生命体が求められていた。

＊

ペリー・ローダンは自分の存在がヴィッダーたちの心理に葛藤を生んだと感じていた。ホーマー・G・アダムスはペリー・ローダンの本当の功績を仲間たちに伝えることに努めた。それにより、カンタロの張りめぐらせたうその網は破れた。アルヘナおよびシリカ星系のギャラクティカーは、ローダンの過去にまつわる真実を知った。

だがそれでも、かれらのなかでは動揺が広がっていた。遠い宇宙へ向けたローダンの旅立ちは、当時ほどの理解を得られなかった。アルコン技術の力を借りてテラナーを統一するという考えは、不条理とさえみなされたようだ。故郷惑星では、環境犯罪や無意味な戦争を通じて人類同士があらゆる手段を使ってたがいを絶滅させようとしていたという話は、ほとんどだれも想像すらできなかった。

グッキーがローダンの手に触れた。イルトはこのテラナーの内部でなにが起こっているのかを感じとった。

「むずかしいよね？」ネズミ＝ビーバーがつぶやいた。「ぼくたちのタルカン宇宙への遠征に、こんなしっぺ返しがあるなんて」

ローダンはちらりと視線をさげ、グッキーの頭をなでた。

「しっぺ返しどころの話じゃない」ローダンはささやいた。「フェニックスのほうがよっぽどましだ。ここ、銀河系の内側では、われわれは一からやりなおさなければならない。あらゆる点で、実力を証明するしかない。過去の話をしたところで、ヴィッダーたちは納得しないからな。もし、版図を拡大しようとしていたころのわれわれの前に、遠い昔に有力だったリーダーが突然あらわれて、過去の業績を理由にもっと尊敬しろといってきたとしたら、きみだったらどう反応した？　たとえば、フランク王国のカール大帝とか。きっと、そいつのもつ技術の古さを笑いものにして、二十世紀の技術力を誇示した。「銀河政治的にも、ぼくたちの技術は原始的じゃないよ」イルトが反論した。「でも、ぼくたちの情報は最新だよ」

「そのいいまわしがもう古くさいんだよ」ローダンが笑いを嚙み殺した。「さっきのわたしのたとえは、確かにすこしずれていたな！　だが、われわれの新しい友たちは、まさにそんなふうに受けとっているんだ。《クイーン・リバティ》の機器を見たか？　あれに比べれば、《シマロン》のユニットは時代遅れだ」

「まあ、そうかも。じゃあ、きみはカール大帝だね」グッキーがいった。「《クイーン》の内部は見たことがないけど、テチ・ウォソノフがぼくのことを見くだしているのはわかった。アクテット・プフェストに何度もそういわれたからね。それに偽テラナーのオンドリ・ネットトウォンはぼくのことをぬいぐるみだと思っていて、ことあるごとに耳のうしろをかいてくるんだ」

「なら、耳をきれいにしておけよ。ときどき、気持ちよさそうに喉を鳴らせばいい」

グッキーは部屋に戻っていった。気を悪くしたようだ。

テチ・ウォソノフがグッキーに手を振った。この奇妙な男は、ペリー・ローダンがこれまでおとなしくしている理由に感づいているようだ。

また、ウォソノフがローダンの船内コンビネーションの下にある膨らみを意味ありげにじっと見つめたのを、グッキーは見逃さなかった。ウォソノフは細胞活性装置のことを知っているのだ。

アクテット・プフェストがエクトピック・ハンターと比較したこの男は知的かつ敏感であるため、目の前にいるテラナーがただ者ではないことにとっくに気づいているにちがいない。おそらく、ウォソノフはローダンをヴィッダーの幹部に迎え入れる方法を考えているのだろう。グッキーはそう推測した。

ホーマー・ガーシュイン・アダムスもまた、だれも口にこそ出さないものの、メンバー内に葛藤が生じていることに気づいていた。一方のローダンは、この小柄な男が数百年にわたって、〝ロムルス〟という偽名をもちいて本性を隠してきた理由がわかる気がした。曲がった背骨、不自由な歩行、ブロンドの髪がまだらに生えた大きな頭。本来なら、ヴィッダーの初期のメンバーに信頼を植えつけることはできなかっただろう。

アダムスはもともと金融の天才だった。頼るのは計算機。それ以外の武器など、さわったこともなかった。二十世紀、財政面で太陽系帝国の設立に携わった。

しかし、宇宙的規模のカタストロフィのあとになって、人間とは変われる生き物であるという事実を、身をもって証明した。銀河系の民権と自由に対するかれの貢献ははかりしれない。あらゆる争いを避けてきたかつての事務屋が、戦士に生まれ変わった。

そしてローダンが戻ってきてようやく、後光のスイッチを切り、みなの前に姿をあらわすようになったのだ。

遺伝子操作の時代になって、だれもアダムスの身体的な欠陥に関心を向けなくなった。外見ではなく、その内側にある精神こそが重要だとみなされるほど、文化が成熟したからだ。カタストロフィの直後は、状況はまったく違っていただろうと、ローダンは確信している。アダムスもその点抜かりなく、賢明にも身を隠したのだ。

「すみませんが……」

自分に声がかけられていることに気づいたローダンが顔を上げると、アンブッシュ・サトーが立っていた。「すみません」などという言葉を使うのは、かれ以外に考えられない。日本出身のこのテラナーはいまだに古いしきたりを重んじる。

「考えごとをしていたんだ」ローダンがわびた。「結論は出たのか？」

サトーの細いからだが、たくましいカントールの背後にほぼ完全に隠れた。エルトルス人はローダンをいぶかしげに見つめた。あまり信用していないことは明らかだ。

サトーが一歩前に出た。その背後に、カンタロの建設現場のホログラムが浮かんでいた。そこで働いているロボット機械は、さまざまな色の点として表示されていた。

「統計担当のヤルト・フルゲンが計画の実行に反対しています」サトーがためらいがちにいった。「カンタロの建設ロボットの一台をまるまる誘拐するのは危険すぎるというのです」

ペリー・ローダンは思わず吹き出してしまった。超現実学者のサトーらしい、いいまわしだ。

ローダンはフルゲンのほうにそっと視線を向けた。細い顔に並ぶグレイの目がとても印象的だ。この若いプロフォス人には鋭い分析力が備わっているが、行動の不器用さのほうが目立ってしまっている。また鼻が大きすぎるし、あまりに臆病でおどおどしているので、自分の命を無条件でかれに託そうとは思えない。

「やっぱりフルゲンだ。ほかにだれがいる！」エルトルス人が独りごとをいったが、その声があまりに大きかったので、だれの耳にも届いた。カントールが不満そうな顔で細身の統計学者を見つめた。カントールの考えでは、フルゲンは完全な役たたずで、たんなる偶然から、過去数百年でもっとも重要なデータを手に入れただけの男だった。

だがローダンには、その考えが真実とはまったく異なっていることを知っていた。いくつかの資料を見るだけで、すぐにそう理解できた。

ローダンはエルトルス人をしかと見つめた。その目で見つめられて、平然としていられる者はいない。ウォソノフの冷たい目が細くなった。かれはローダンのなかに、自分と同じタイプの人物を感じたのである。

「シントロン統計学者にして社会学者でもあるヤルト・フルゲンは、わたしもまたそのとおりだと思えることを口に出しただけだ」ローダンは《クイーン・リバティ》の戦闘部隊長に向けていいはなった。「なかに潜んでいる物品に価値があるとき、何トンもの重さの金庫ごと盗む者はいない」

カントールはテラナーに顔を向けた。

「わたしはあなたの考えに従うべきなんですよね？」

「いつかある日、きみも大きく成長するさ」ローダンが約束した。

「フルゲンはすでに測定結果を提出した。別のテストを通じて、オンドリ・ネットウォンがその結果が正しいことを確認した。ウウレマで活動しているロボットたちは、われわれのリスク分類に照らし合わせれば、シントロニクス知性をもたない特定用途向けの専用機械だ。探知や戦闘に特化した能力はもたない。だが、それも整地と基礎工事が終わるまでの話だ。その後は高等な機械が送りこまれてくるにちがいない。アダムスがアンブッシュ・サトーの力を借りていまのうちにロボットの一台を改造するつもりなら、急いだほうがいい」

「つづけてください！」オンドリ・ネットウォンがいった。すでに代わりのコンビネーションを身につけている。「結局、なにがいいたいのですか？」

「きみは建設現場の外に、廃棄場のような場所を見つけたのだろう」ローダンがつづけた。「そこには、なんらかの理由で使えなくなった建設機械が放置されている。いまはまだ、修理は行なわれていない。したがって、そのうち修復の専門家がやってくるはずだ。カンタロといえども、貴重な資源をむだにはしない。そんなことをしていたなら、銀河系の支配者になど、なれなかったはずだ」

オンドリは感心してうなずいた。テチ・ウォソノフはむきだしの岩の壁にもたれかかって聞いている。計算室と司令室も、快適さを無視した必要最小限のつくりだ。

ローダンははじめて自分が認められつつあると感じた。ホログラムを指さす。

「建設機械のことをヴィッダーは能なしとみなしているが、見た目にだまされてはいけない。これまで、じつに見事に任務をこなしている。あの機械たちが、本当のところなにを認識し、なにを保存し、集めた情報をいつ知性体に送り届けるのか、だれにもわからない。だから、われわれも存在を気づかれるわけにはいかない。壊れたロボットの一台が廃棄場から消えるだけでも、大きな面倒が生じるかもしれない。それを避けるためにも、機械からコンピュータだけをとりだしてここにもってくるほうが合理的だ。そのコンピュータのプログラムをサトーが書き換え、場合によっては性能を足して、また気づかれないように返すんだ。そして壊れたロボットがふたたび目ざめ、以前のように任務を遂行する。というのも、ちょっとした損傷は組みこみのメンテナンスシステムによって、一定期間後に自動で修復されると考えられるからだ。われわれが細工をほどこす機械も、そうなると期待できる」

「あなたの計画には偶然の入りこむ余地はないようですね」ウォソノフが口をはさんだ。「確かに、数台の建設機械がひとりでに修復した事実が確認されています。そのやり方なら、うまくいくかもしれない」

「だれがコンピュータをとりはずすのですか?」アンブッシュ・サトーが疑問を口にした。「あのような建設機械の場合、可動部分と強固なケーブルでつながっているはずです」

ウォソノフが手をあげた。立候補する理由など話す必要もない、とでもいいたげな態度だ。

ローダンはウォソノフにうなずきかけた。アダムスは両手をこすり合わせながら、床を見つめている。満足しているのだ。

自分では気づいていないようだが、ローダンは以前のように主導権を握っていた。かれの主張が客観的な事実にもとづいていることが、ウォソノフのコメントからもわかる。本来、メッセンジャーを納得させるのは、簡単なことではないのだ。

ローダンはその大きな司令室を見まわした。設備は必要充分に整っているが、探知機は動いていなかった。相手に察知されることがないよう、しばらくはインパルスを発生させる機械を使わないことに決めたのだ。カンタロの機械が大量のエネルギーを放射するので、当面はそうしたエネルギーの捕捉および分析に専念する。

設置されたシントロニクスは、現在必要とされている性能をはるかに超えるものだ。だが、そのうちこの性能でもたりなくなるかもしれない。

ローダンはメッセンジャーにうなずきかけた。

「ヤルト・フルゲンも同じように考えている。われわれは……」

「そのとおりです」プロフォス人が口を開いた。興奮しているのだろう、顔が真っ赤だ。「建設機械を丸ごともってくるなんて、むちゃな話です。これまでの経験から、物資はすべて登録されていると思います。廃棄エリアからロボットが消えたら、そのことも記録されるはずです。すぐにはなにも起こらないかもしれませんが、そのうち知性のある生物がやってきて、きっと異常に気づくでしょう。作戦的には、内部にあるコンピュータをもってくるだけで本当に充分なのです。わたしは……あ、あの、申しわけありません。あなたの言葉をさえぎってしまって」

「謝らなくていい」ローダンがなだめた。だが、その顔は真剣なままだ。アクテット・プフェストは笑いを噛み殺し、オンドリ・ネットウォンは統計学者になんとも定義しようのない視線を投げかけた。

「そんな話はもう聞いた」カントールが不満そうにいった。「まったく、時間のむだだ！　本当にロボットをスパイに改造する必要なんてあるのか。われわれには静止軌道上に二隻の宇宙船があるのだぞ。建設現場も、それ以外も、すべて監視している。なにも見逃さない。《クイーン・リバティ》……」

「……にはなにもできない。いますぐにでも白色恒星シリカの裏に隠れてもらう必要がある」ローダンが冷静な声で割って入った。

ホーマー・G・アダムスは人差し指でカントールの腰を軽くたたいた。巨人はいらだたしげに下を見た。

「自制なさい」アダムスがいった。「わたしは経験したことを決して忘れない。そのわたしが、ペリー・ローダンは少なくとも三千回、同じような状況に立ち向かってきたといっているのです。ウォソノフ、きみの意見は？」

「この外部からの訪問者と同じ意見です。銀河系の支配者はまもなくここへやってくるでしょう。現状と今後の発展を完璧に監視するために、われわれのために働くロボットをいまのうちに送りこんでおくべきです。目と耳は、いくらあってもありすぎということはありませんから。ローダン、ほかに疑問は？」

ペリー・ローダンはその大柄な男をじっと見つめた。

「ああ、細かい話になるが、きみはフルゲンが選んだロボットについて熟知しているのか？　もしそうなら、どんな特殊な道具が必要になる？　制御コンピュータはすぐに見つかるだろうが、とりはずすのは簡単ではないだろう。カンタロは部品をどうやってつなぐんだ？」

テチ・ウォソノフは、予想とはまったく異なる方法で答えた。

壁から離れ、頑丈そうな太ももをマッサージしてから、伸びをしたのだ。そしてにやりと笑った。かれがそんな表情をすることはめったにない。

「テラナー、ヴィッダーへようこそ！　では、作戦について話し合いましょう。わたしはなんだって知っている」

「そして、きみにもまだ知らないことがある事実を、すぐに知ることになる」ローダンが応じた。「オッケー、コンピュータを奪ってくるとしよう。サトーがもう目を輝かせているぞ。ちなみに、いまの〝オッケー〟というのは、われわれの時代の言葉だ。きみがいやじゃなければ、これから何度も聞くことになるぞ。フルゲン、もう大丈夫か？池でひいた風邪は、もうなおったのか？」

「気づいていたのですか？」ヤルト・フルゲンが驚いた。

「当然だ。きみたちの薬は本当によく効くようだ。ところで、ひとつ頼みがあるんだが、いいかな？」

「なんなりと！」統計学者が突然の期待に目を輝かせていった。どうやら、生ける伝説を尊敬しはじめたようだ。

「泳ぎを覚えてくれ！」

ローダンとアダムスとウォソノフが司令室を去ったあとも、オンドリ・ネットウォンはまだ笑っていた。フルゲンが、もうやめてくれといわんばかりの目で見つめてきたが、おかまいなしだ。

アクテット・プフェストは、いぶかしげに自分のからだを見おろした。さっきまで司令室にいたメンバーのだれひとりとして、かれの薄着についてコメントしなかったが、ローダンだけは奇妙なまなざしで見つめてきたからだ。超重族のプフェストには、ローダンに視線で笑われたような気がした。

「あの男には用心するとしよう」プフェストはまわりに聞こえる声で自分にいい聞かせた。「フルゲン、あの過去からの帰還者はなにがいいたかったんだ？　きみを溺れさせるといったわたしの脅しを当てこすったのか、それとも、偵察飛行のときは泳がないほうがいいといいたかったのか？」

ヤルト・フルゲンはその話題にうんざりした。超重族の男に歩み寄り、その左肩に相当する筋肉の塊りにわざとぶつかってこういった。

「じゃまだ、小人め！　わたしには使命があるんだ」

4

まるで超重族の男がすぐ横にいるかのように、オンドリ・ネットウォンにはそののしりの言葉がはっきりと聞こえた。無意識のうちに肩にかかる長髪をかき上げ、物陰から慎重に立ち上がる。

およそ二十メートル離れた場所では、アクテット・プフェストが自分と同じぐらいの大きさの岩のうしろにかくれていた。環境に適応したスプリンガーは、飲み物の入ったボトルを太いコンビベルトに戻しながら、もう一度不満の声を漏らした。

というのも、ベテラン戦士にあるまじきミスを犯したからだ。ウウレマのように気温の高い惑星では、新米兵士でさえ飲料ボトルの中身の量を確認しただろう。そんな初歩的なことを、プフェストは単純に忘れてしまった。

オンドリは首を横に振って、また身を潜めた。プフェストに自分の飲み物を差しだす気にはなれない。自分の失敗を認めて、すこしばかり苦しんで、次回の教訓にすればいい。

オンドリはあたりのようすを探り、放射探知機の示す数字を確認して、エネルギーバッグに静止を命じた。

その重いパワーユニットはオンドリの特殊任務用コンビネーションにある専用の固定具を離れ、ゆっくりと着地した。重荷から解放されてほっとため息をついたオンドリは、脱いであったコミュニケーション・ヘルメットを手にとり、ふたたび装着した。

通信はいまもまだ禁止されているが、まもなく解禁されるだろう。連絡を受けとれる態勢をつくっておいたほうがいい。

オンドリはもう一度超重族のほうに目をやった。喉の渇きをもう忘れたのか、プフェストは腹ばいになり、ロボットが並ぶ谷底を注意深く観察している。カンタロの司令シントロニクスが、故障したロボットをそこに一時的に集めているのだ。

NGZ一一四四年五月十六日、白色恒星シリカは霞《かすみ》がかった空高くに鎮座していた。時刻は十四時十分。

二名のヴィッダーの背後には、密な森におおわれた山脈がそびえ立っていた。その山脈は、北東で中央の海に接している平野を弓なりに囲む形をしている。

わずか二十四時間で平野のようすはすっかり変わってしまった。オンドリには自分の目が信じられなかった。

サバンナのようだった大地から数多くの丘や木々が消えてなくなっていた。小川やそこかしこにあった沼地は巨大な穴に飲みこまれ、その穴の多くにはすでに地下構造の天井ができあがり、そこから地上階の壁が生えていた。

建物につながる道も、一夜のうちに整備されていた。何千ものさまざまな形のロボットが、インフラストラクチャーの設置にいそしんでいる。その作業ペースには感動すら覚えた。

故障ロボット集積地の南東には、宇宙船の着陸場が完成していた。いまのところは中規模と呼べる大きさでしかないが、これもまたすぐに変わるのだろう。カンタロの狙いに関するペリー・ローダンの推測を聞いてからというもの、オンドリ・ネットウォンもまた、ここには工場建設以上の狙いが隠されていると確信するようになった。

建設の第一段階に必要な物資は、すでにほぼ使い果たされていた。補給がきていないことから、次になにが起こるか、だいたいの予想がつく。

これほど大規模な建設プロジェクトを、中途半端《はんぱ》なままで放置する者など、どこにも存在しない。

オンドリは外部エネルギー探知機のデータを呼び出した。ミニスクリーンにあらわれたデータは既知のものばかりだったので、ひとまずのところ危険はなさそうだ。

建設機械が放射するエネルギー以外には、異常なインパルスは見つからなかった。ときおり不特定の場所で探知されるプシオン放射は、この惑星に生息する原始的なトカゲや爬虫類っぽい生物からきている。それらは危険な生物だった。

オンドリ・ネットウォンは下に向けて手を振った。テチ・ウォソノフは手にもった武器の拡大照準器を通してオンドリを見ていた。

メッセンジャーも手を振って応じた。オンドリの場所からは、ウォソノフがよく見えた。

ウォソノフは腕ほどの長さのビーム銃を肩に担ぎ、もう一度周囲を確認した。その広い場所には、四十六の建設機械が放置されていた。形はさまざまだが、どれも故障している。故障の種類もまた、さまざまだった。

事前に行なった偵察飛行のさい、ヤルト・フルゲンが機械のようすを視察し、ほぼすべての故障がメカニカルな性質であり、外部から見えるたぐいのものである事実を確認していた。

そのような機械はヴィッダーの目的には役にたたない。修理は困難だし、なにより、交換部品が手に入らない。

フルゲンとウォソノフには、求められる条件を満たすロボットを見つけるという困難な任務が与えられていた。そのロボットは、機械的には万全でなければならない。主電源系統に問題があっても困る。配線が焼け切れた程度ならなんとかなるかもしれないが、直接もしくは間接的にハイパーエネルギーと関係するエネルギー変換プロセスに欠かせない配線は、絶対に無傷でなければならない。条件に見合うロボットを見つけるのは、アダムスが予想していたほど簡単ではなかった。しかし、まだ稼働しているロボットを工事現場から誘拐するという選択肢はなかった。

テチ・ウォソノフは放置された機械のあいだを縫うように歩いた。ヤルト・フルゲンは高さ八メートルほどの円錐形の建設ロボットに向かって飛行した。そのロボットには触手のようなアームが六本と、四つの関節がある太いリフティングアームが二本備わっていた。

わりとたくさん見かけるタイプのロボットだ。配管を担当していると考えられた。ウォソノフも最後の百メートルは背中の装置をもちいて飛行した。エネルギー放射は微々たるものなので、探知される恐れはない。装置に組みこまれている放射エネルギーの吸収機能がとりこぼしたわずかな量のエネルギーなど、機能全開で働いている建設ロボットがエネルギーを爆発的に放射している環境下では、実質的に検出不可能だ。

フルゲンは四角いプラットフォームに着地して、汗をかきながら上を向いた。その機械は巨大で、何トンもの重さの鋼のパイプを運び、加工し、設置する。

実際に働いているようすも観察したことがある。任務を迅速かつ完璧にこなしていた。それらロボットは、きわめて頑丈な強化合金でできたパイプを並べて溶接するさいに猛烈な熱さに襲われることになるが、おそらく局部的にエネルギー・フィールドを展開することで、熱による被害を防いでいた。

溶接アークの作業温度は利用する素材の融点に合わせて、摂氏八万度に設定されていた。素材の硬さを損なわないためには、継ぎ目も完璧でなければならない。まだ白熱状態にあるうちにリング状の高圧エネルギー・フィールドで内側と外側の両方から圧迫するのだ。したがって、実際のところ、継ぎ目と呼ぶのはふさわしくない。

ウォソノフはプロフォス人の横に立った。

「なにか問題が？」

フルゲンは手の甲で額の汗を拭った。そして、もう一度巨大なロボットを見上げる。

「もうすこし小さな機械のほうがありがたいんですが、機械的に壊れていないものはほかに見つかりそうになくて。でも、こいつは大丈夫そうです。計測結果からデータ伝達にエラーが発生していると考えられます。ソフトウェアは問題ないけど、インパルスを正しく処理できないのでしょう」

ヤルト・フルゲンはジェスチャーを交えて熱心に説明した。ウォソノフはしばらくじっと聞いていたが、最後にこういった。

「わかった、友よ。だが、ここでは統計分析は必要ない。要するに、こいつはこの頑丈なアームでパイプを曲げろと命令されているのに、首を横に振るのだな」

フルゲンはメッセンジャーを見つめた。

「首？　こいつは球形だから首なんてありませんよ。どうして首なんです？」

「たとえの話だ」ウォソノフがなだめるようにいった。そして自分の飛翔装置に待機を命じ、武器を置いた。

そしてなにもいわずに、フルゲンがすでに開けていた二枚のカバーに歩み寄った。その一枚は五メートルほどの長さがある。開口部から機械の内部をのぞくことができた。エネルギー・フィールドで絶縁された高圧電線の一部には、いまも電気が流れているようだ。主要な動作機構の磁場プロジェクターに電力を供給しているのだろう。小型の装置はふつうのやり方で絶縁されたさまざまな色の配線とつながっていた。

二枚めのカバーは一枚めよりもはるかに小さかった。そのパイプ敷設ロボットの基部となる、二メートルの高さの台座の上端にとりつけられている。

そこから、自給型の発電装置の一部が見えた。いちばん下のあたりに衝撃フィールドを放射するプロジェクターがある。この巨大ロボットの移動に欠かせない装置だ。

そうした機械よりもはるかに興味深かったのは、左側のスペースにあった長方形の箱だ。長さはおよそ百五十ミリメートル、幅はその半分ぐらいだろう。

「あれが問題なんです」フルゲンはそういって、濃い赤色でカラーリングされたその容器を指した。「あの頑丈な箱のなかにこのロボットをコントロールするシントロニクスが隠されています。カンタロは小型化が得意なんですよ。こんな巨大な機械の場合は、小型化する必要なんてないのに。あの保護容器をとりだそうとしたんですが、できませんでした。むりにはずせば壊れてしまうでしょう。正しいコードを入力すると開く仕組みなんです」

ウォソノフはなにも応えず、両方の開口部を見つめ、目でさまざまな配線の経路を追い、最後にもう一度保護ケースに視線を向けた。

ヤルト・フルゲンはいらだちを必死におさえつけた。ウォソノフの態度が気にさわる。だがウォソノフ本人は、そんなことおかまいなしのようだ。視線は下に向けたまま、プロフォス人を見ようともせずに、次の問いを発した。

「きみの靴のサイズは？」

フルゲンは茫然と前を見つめた。ここまでくる途中でも、ウォソノフの独特なユーモアには困らせられた。

「それがコードと関係あるのですか？」

ウォソノフはかすかに笑い、厳しい表情をすこしばかりゆるめた。

「きみの落ち着きない足どりが死者をよみがえらせて、敏感なセンサーを起こしてしまうぞ。この星の爬虫類も、きみの足音が気に入ったようだしな。とにかく、惑星ウウレマはバター樽ではないことを忘れるな」

「バター樽？」フルゲンにはわけがわからなかった。

「木でできた丸い樽だ。わたしが子供だったころは、よくそのなかで足踏みしたものだ。そうやって、乳脂からバターをつくるんだ。わかったか？」

「まったくわかりません」フルゲンが声を上げた。抗議するかのように鼻先を高く突き出す。文句をいおうとしたがすぐにやめた。ウォソノフが前に身を乗り出したからだ。左の頬で保護容器に触れると、硬化している傷跡が赤みを帯びた。

「レクシート・コードだ」からだを起こしながらウォソノフが説明した。「カンタロがよく使うやつだ。特別なものではない。高位の看視奉仕局員なら、だれだってポケットに忍ばせている」

フルゲンはなにもいわなかった。敏感なかれには、いまは質問するのに適したタイミングでないことがわかっていた。加えて、ウォソノフからそれとなくレクチャーを受けていることを直感的に察していた。ウォソノフはかれなりのやり方で、未熟なフルゲンに手を差し伸べたのだ。

メッセンジャーは迷彩コンビネーションのポケットからケースをとりだした。そのなかにはたくさんのマイクロデバイスが入っている。そのうちのひとつは極細の針のような形をしていた。

ウォソノフがそれを保護容器の上面にある開口部に差しこむ。すると、容器がすぐに開いて、それまで保護してきた中身をむきだしにした。

「すごい！」フルゲンが思わずささやいた。感心したまなざしで背の高いウォソノフを見つめる。

テチ・ウォソノフはエンコーダーをケースに戻した。

「驚いているのか？」ウォソノフはたずねた。

フルゲンはかれの四角い顔を見上げる。ウォソノフは身長百九十センチメートルだ。

「ヴィッダーの仲間入りをしてからというもの、驚いてばかりですよ。今回はあなたの左頬に驚かされた。変な意味じゃなくて……その……もしあなたがあの箱に耳を当てたのなら、わたしは、あなたには奇跡的な聴覚があると考えたでしょう。でも、あなたは頬を押し当てた……正確には頬の傷跡を」

「それで？」

「傷跡の色がすこし変わりました。なにか組みこまれているのですか？　マイクロセンサーとか？　ネットワークタイプのピコンピューター？　もしそうなら、これまでわたしが見たシガ星人の技術のなかで最高のできです。そもそもわたしは、この遺伝子工学と生体成形手術が発展したこの時代に、その傷跡を消さずに残してある理由がずっと知りたかったのです。その傷を消すことぐらい、半時間もあればできるでしょうに」

「できるだろうな！」ウォソノフはうなずいた。「わたしが見栄っ張りだといったら、きみは納得するかな？　わたしはほかの者よりも目立ちたいんだ」

「敵はそれを信じるのですか？」

「わたしがまだ生きているのが、その答えだよ」ウォソノフは明言を避けた。そのグレイの目に、温かさのようなものが宿った。「頭がいいようだな、若造」

「百八十二センチメートル、NGZ一一一五年生まれ、二十九歳です」

「百九十センチメートル、一〇八六年生まれ、五十八歳だ。シントロンの自己診断について、理解は？」

ウォソノフは話題を変え、むきだしになったロボットのマイクロコンピュータを指した。いくつかのシンボルが表示されているのが見える。フルゲンは身を乗り出した。

「あります！　通常電流のパルス・コンヴァーターがうまく作動していないようです。再接続が必要でしょう。PEPプローブをもちいて二百倍に拡大すれば、わたしにもできます。おもちでしょうか？」

フルゲンはいますぐ褒《ほ》めてくれといわんばかりの表情で見上げた。だが、その期待は裏切られた。

「この不具合をなくしてはだめだ！　連中はそれを探すのだから。敵には、敵が求めているものを差しだすこと」

フルゲンはがっかりした表情で立ち上がった。その瞬間、かれはヴィッダーにとって、メッセンジャーがどのような存在なのかを理解したような気がした。

ウォソノフはマイクロデバイスの入ったケースを開けた。マイクロコンピュータから接続ケーブルを抜き、別のパルス発信機を休止モードに切り替えた。同時に、サブコンピュータには、メインのオペレーティングシステムがエラーの修復を試みていると伝えた。これにより、ロボットは休止状態に入った。

「これで、備えつけのコントロールシステムがこの機械をチェックしても、ロボット自身が損傷を修復しようとしているというメッセージを受けとることになる。要するに時間稼ぎだ、若造。そのあいだにプログラムに修正を加える。だが、そんなことはきみももう知っているだろう」

「えっ……どういう意味でしょうか？」フルゲンが口ごもった。ウォソノフに感心していたのだ。

「スティフターマンⅢの看視奉仕局のネットワークに侵入したことがある者ならわかるはずだ。さて、いこうか？」

両者は飛翔装置を呼び、それらが特殊任務用コンビネーションの背面にドッキングするのを待った。ヘルメットのなかで、ドッキング完了を知らせる音が鳴った。

その瞬間、オンドリ・ネットウォンが禁止されていた通信を再開した。ただし、映像を送るのは避けた。

「こちらポジション一」両者にオンドリの声が聞こえてきた。「先ほど、緊急のコールバックパルスを受信！　現在の所在地は？　コンピュータをまだ確保していないのなら、計画は中止だそうよ」

「もう終わった。これから出発するところだ」フルゲンが答えた。「なにがあった？」

「わからない。でも、工事現場での活動が活発化したみたい。あそこのメインコンピュータがすべての機械に追加のプログラムを送信しているの。大量のデータよ。以上」

オンドリ・ネットウォンが通信を絶った。フルゲンはメッセンジャーに視線で説明を求めた。

「おもしろいことになってきた！　わたしの考えでは、ようやく動きが本格化してきたわけだ。ウウレマは要塞に生まれ変わるのだろう。ここからカンタロたちは、あのペリー・ローダンがクロノパルス壁を打ち破ったことで生じた事態に立ち向かうのだ。辛抱強く行動すれば、われわれも大量の情報が得られるはずだ」

「カンタロの秘密のソフトウェア」フルゲンがうなずいた。「いつかあなたといっしょに、ネーサンのシントロン内部で水遊びがしたいものです」

「重いシロップのなかで溺れることになるぞ」ウォソノフが応じた。「出発だ、若造。このコンピュータを急いでもとの位置に戻す必要があるからな。上空でなにか動きがあったようだ」

そういって、ウォソノフは霞がかった空を指さした。恒星シリカの光が広大な大地に降り注《そそ》いでいる。

最初に見える丘の連なりの背後で、オンドリ・ネットウォンと超重族の男が待っていた。物陰に隠れながら、四名で拠点まで戻った。

入口はまだ完成していなかった。いざというときのために入口は可能なかぎり強靭《きょうじん》でなければならない。同時に、偶然では決して見つけられないほどのカモフラージュ性能が必要だった。

フルゲンは不満そうに首を横に振った。その場しのぎのできに、納得がいかなかったのだ。

グッキーが待ちかまえていた。ネズミ＝ビーバーが問うのを待たずに、テチ・ウォソノフは建設機械からとりだしたコンピュータが入った耐衝撃ケースを差しだす。

「急いでくれ。アンブッシュ・サトーが待ちわびているだろう」

「きみは予言者として一等賞をとるための訓練でもしてきたの？」ネズミ＝ビーバーが機嫌悪そうに嫌みをいった。「これだけ？　このマッチ箱がコンピュータなの？」

「死語のデータベースでその言葉の意味を調べてみるよ」メッセンジャーが約束した。

「われわれを呼び戻した理由を聞かせてもらいたいんだが？」

その答えを聞いて、グッキーの機嫌が悪い理由がわかった。

「アルヘナから伝令船がやってきたんだ。伝令船はいま、きみたちの《クイーン》とぼくたちの《シマロン》と同じ軌道上にいる。そこからミイラのアラスのような姿をしたヴィッダーの仲間が小型転送機を使って地上へやってきた。ペリーとアダムスはてんてこ舞いさ。きみたちに知性があるなら、ラウンジを出ないほうがいいよ」

「ふたりはどうしててんてこ舞いなの？」オンドリ・ネットウォンがたずねた。「なにか、問題でも？」

「問題どころじゃないよ！　アルヘナにあるきみたちの大型コンピュータが集めた情報から、カンタロたちがウウレマ基地の建設を加速したことがわかったのさ。データからは、すでにかなりの規模の船団がこっちに向かっているみたい。それ以上はぼくも知らない」

「戦闘部隊もくるの？」オンドリが問いただした。

「それ以上は知らないっていったよね？　あの部屋のおばかさんたちは、墓石のようになにもいわないんだから」

そういって、おや指で肩越しにうしろを指したかと思うと非実体化した。あまりに唐突だったので、オンドリは思わずのけぞってしまった。

「すごい」フルゲンが感心した。「みんな、いまの見た？　ぱっと消えちゃった。探知される危険とか考えないのかな？」

どかせた。

アクテット・プフェストは両手でフルゲンの腰をつかんで、まるで人形のように脇にどかせた。

「探知なんてどうでもいい。もし、ここの仮設水道から水がなくなったら、わたしがぜんぶ飲んだのだと思ってくれ」と、ののしるようにいう。「まさか、喉が干からびた男のじゃまをしようというんじゃないだろうな？　どけ！」

フルゲンは茫然と超重族を目で追った。

「いったい、どうしたんだ？」

「喉が渇いてるのよ」オンドリが説明した。「自分でもそういってたじゃない。あなたたちに、コンピュータをロボットに戻す時間があればいいんだけれど。サトーはきっと大急ぎでプログラムを書き換えてくれるわ。あなたも手伝ってきたら？」

フルゲンはそれもそうだと思った。

「呼ばれないかぎり、じゃまはしないでおくよ。みんな、かなり気が立っているからね。もしカンタロの船団がやってきたら、心配ごとがいっきに増えるだろうし」

テチ・ウォソノフは遠くにある工事現場を見渡した。大型ロボットが立てる騒音は東風にのってヴィッダーたちの拠点まで届いていた。

「あそこは遺伝子工場の基礎だろう。できあがった工場で生産をはじめるにはなにが必要になる？」

ウォソノフはオンドリに問いかけた。オンドリの顔が真っ青になったのを見て、かれはにやりと笑った。

「そう」自分でその答えを口にする。「素材となる遺伝子だ！　わたしはたくさんの惑星で、何百万という生命体が投獄されているのを見てきた。遺伝子操作の結果にも、あらゆる場所で出くわした。わかるだろ、送られてくるのはおそらく戦闘部隊ではない。護衛船もくるだろうが、ほとんどの船は輸送船にちがいない」

5

オンドリ・ネットウォンとアクテット・プフェストが東方向の監視ポストについた。ヤルト・フルゲンには外部からの放射を大まかに分析する任務が与えられた。かれのシントロン・コンピュータは、いまのような状況に対処することを想定してアンブッシュ・サトーによって書き換えられたプログラムをはしらせていた。ペリー・ローダンとテチ・ウォソノフが全体の状況を把握する。かれらはいま、どう終わるのかだれにも予想できないはじまりを目撃していた。

かれらのいる場所は海抜約千メートルの高みにあり、慎重にカモフラージュされていて、眼前にある平野を一望できた。

ほぼ真下といえるほど急な角度で約五百メートル離れた場所で、夜の空に新築の建物の壁がそびえていた。右のほうでは宇宙港の一部がすでに完成していた。

宇宙港の北東部は海に面している。巨大な掘削ロボットが地ならしをした着陸床は、数メートルの厚さに圧縮した天然素材で舗装されていた。

NGZ一一四四年五月二十四日二十三時ちょうど。

ローダンは観測スコープの暗視機能のスイッチを切った。スコープは旧式のものだったが、おかげで探知される心配もない。そもそも目視できる対象であるかぎり、可変式の倍率変更機能を使えば、その器具でも問題なく監視を行なうことが可能だ。

ローダンは顔からスコープをとりはずし、まばたきをしてからまぶしそうに空を見上げた。

八日前、最初の大型輸送船が到着した直後、広大な建築現場の上空に人工太陽が設置されたのだ。天然の恒星が地平線の向こうに消えると、地上三十キロメートルの高みで拘束フィールドに固定された高エネルギー発光体が輝きはじめる。そして設置されたリフレクターによって、正確に計算された角度で建設現場とその周辺に昼間のように明るい光を届けるのだ。

「照明の問題は一般的な方法で解決されたわけだ」ウォソノフがつぶやくようにいった。

「人工太陽は、銀河系の覇者が奉仕者のマスクをはずしたほぼどの惑星でも使われている」

「奉仕者！」ローダンが考えこむようにいった。「秘密組織がもちいるありとあらゆる美辞麗句を見聞きしてきたが、いかがわしさでこれを超えるものはないだろう」

「看視奉仕局とは、すなわち殺戮係です」メッセンジャーがうなずいた。「ヤルト・フルゲンにたずねれば、詳しく話してくれるでしょう。スティフターマンⅢはカンタロにとって最重要惑星。やつらの完全スポークスマンことボルヴェルショルは、強大な影響力をもっています。わたしも、一度はやつに迫ったことがあるんですが、逃げられてしまいました」

ローダンは顔を向けて、背の高い男を調べるようにじっくりと見つめた。

「きみといると、ロナルド・テケナーというテラナーを思い出すよ。以前USOで特殊任務をこなすスペシャリストをしていた人物だ。聞いたことがあるか？」

「いいえ」ウォソノフが答えた。「わたしはあまりにも遅く生まれすぎた。歴史は完全に改竄されています。どの惑星の住民にも、異なるデータが与えられるのです。それぞれの惑星に最適化した歴史データが。あなたのことについても、何千もの異なる話が語られています。あなたの名を完全に消し去ることはできなかったようですが」

ローダンは暗い顔でうなずいた。これまで、故郷銀河への帰還は予想外の変遷をたどってきた。細胞活性装置保持者で宇宙的規模のカタストロフィを実際に体験したホーマー・G・アダムスでさえ、かれと同じ世代を生きたほかのだれとも同じで、カンタロがそれほどまでに支配を広めることができた理由を知らなかった。カタストロフィ後、アダムスはその性格から、各地で勃発したいざこざや戦争の鎮圧に駆けまわり、太陽系からそうした問題を遠ざけることに奮闘した。

宇宙ハンザは、差し迫る危機から重要な貿易拠点を守ることを使命とみなした。銀河系の諸種族はそれぞれ独自の関心を追求するようになった。この数十年間、だれもが自分のことだけを考えた。

カンタロの到来は、タルカン宇宙からの種族移動に伴う副作用とみなされた。かれらについては、退廃したハウリ人に対するのと同程度の関心しか向けられなかった。それどころか、はじめのうちカンタロは混乱をくわだてる権力グループに対する闘争に加わった心強い味方とさえみなされていた。ところが、クロノパルス壁ができた瞬間、かれらよそ者を追い出すことは不可能になった。その時点で、カンタロはすでにかなりの勢力を身につけていて、銀河系の統一もすでに崩壊していた。

カンタロが太陽系の支配権を握ったころ、アダムスは銀河系の外縁にいた。介入するにも、すでに手遅れだった。

ローダンにとってさらなる気がかりは、ホーマー・G・アダムスほどの天才をもってしても、すでに歴史の真と偽が見きわめられなくなっている事実だった。かれでさえ、実際になにが起こったのかを知らなかった。確かなのは、カンタロの手ぎわがじつに見事だったことだけだ。

銀河を長年支配していた戦争、完全な混乱、種族間の妬《ねた》みや羨望を、自分たちの目的のために利用した。

その結果、銀河系の種族はどれも、かれらのなすがままになった……いや、正確には、〝ほぼ〟なすがままだ！　少なくとも、ヴィッダーが組織的な抵抗をつづけている。

「われわれはもっと力をつけ、拡大する必要がある」ローダンが考えを声に出した。「銀河系の統一なしに、成功はありえない」

ウォソノフはテラナーが過去に思いを馳せていることに気づいた。

「それこそが、これまでも、そしていまも、われわれの弱点でした」と、かれは認めた。「はじめのうち、そもそもわれわれの考えに賛同者を得るのすらむずかしかった。だれもが、だれに対しても疑いの目を向けていましたから。あなたがたの時代は、惑星テラの人口と産業を頼りにすることができた。銀河系は開かれていた。当時宇宙に存在していた帝国はそれぞれ対立していて、対立する権力者たちに順番に対処することで、いわば第三者として影響力を高めることができた」

「一方、いまのわれわれは、全体としてひとつにまとまった銀河系に立ち向かうことになる」ローダンが言葉をつづけた。「友よ、きみのいいたいことはわかる！」

「そうです」テチ・ウォソノフがいった。「絶対に必要なリソースを手に入れるのがどれほどむずかしいか、あなたには想像もつかないでしょう。当時のあなたにとっては造作もないことだったはずです。それがいまは、あなたが残したちっぽけな拠点でさえ、カンタロによって確保され、かつてはギャラクティカムに属していたのに、いまはカンタロに忠誠を誓っている種族によって占拠されています。反抗という思考をもたず、カンタロに従うためだけにつくられた遺伝子操作された生物が重要拠点に配置されている。そしてネーサンを使って、カンタロたちがかれらをまるで神のように支配しているのです。なぜあちこちに巨大な遺伝子工場が建っていると思いますか？　何百万もの従順な生物を生み出すためです。一度、大型造船所で働くクローン労働者にあなたの船を修理するように頼んでみるといい。きっと、一瞬で殺されますから」

ローダンは質問もコメントも控えた。状況は自分が想像していたよりも劇的に変化していたようだ。ほぼ七百年におよぶ不在から銀河系に戻ってくるだけでは、なにも変わらなかった。

ローダンは生きる化石にすぎない。成功の階段を、また一段めからのぼりつめなければならないようだ。

ヘルメットのマイクロ通信機が立てたかすかな音が、ローダンを思考から引き剝がした。ホーマー・G・アダムスが拠点から通信してきたのだ。

「一時間前、五百隻ほどの宇宙船が到着しました」その声は緊張していた。「信じられません！　ウウレマの軌道上は大混乱にちがいない。つづけざまに、別の五百隻がハイパー空間からあらわれてこの惑星に向かっています。そのほとんどは貨物船か巨大な特殊船のようです。カンタロのこぶ型艦が護衛しています。どう思われますか？」

ローダンはエネルギーマイクの使用は避け、ヘルメットの端から伸びてきたマイクロフォンが唇の前にくるのを待ってからいった。

「ブリーの《シマロン》と《クイーン・リバティ》はいまどこに？」

「船団の出現後に、ブルは両船を恒星軌道に後退させたようです」

「恒星に近づきすぎなければいいが」ローダンは懸念を口にした。「この状況で事故なんてされたらたまったものではない。ブルはそこから探知をつづけられるのか？」

「その点は心配ないでしょう。そして、かれのほうは探知されない」

「そう願うよ。あの恒星が発する妨害放射はかなり強いのは確かだが、わたしがカンタロの指揮官だったら、まずは探知がむずかしい恒星付近を調べさせるだろう」

「だがそれは、レジスタンスが近くにいると相手が予想していたら、の話でしょう。最初の分析結果が出ました。不格好な巨大船は大型貨物船で、大量の搭載艇を吐きだしている。いや、まて。違う。搭載艇ではなくフェリーのようです。わたしの部下は追加の建築資材を積んでいると推測しているのですが、グッキーは、フェリーの中身の大半は知的生命体だといっています。もしそれが正しいのなら、第一陣としてすでに何万もの生命体がこちらに向かっていることになります」

　ローダンは絶句した。テチ・ウォソノフは黙ったまま天を見上げる。人工太陽の照らす範囲の外にある夜空の片隅に、光の染みが見えた。フェリーが大気圏に突入するさい、エネルギー衝撃フィールドが衝突する空気を白く燃え上がらせ、船体後方へと受け流しているのだ。

最初はひとつだった白い点が、いくつかの光に増えたかと思うと、数分後には堰《せき》を切ったかのように押し寄せてきた。

「きた」ローダンは通信相手にいった。「やつら、のんびりするつもりはないようだ。グッキーにかわってくれ」

「いっしょに聞いてたよ」ネズミ＝ビーバーの声が聞こえてきた。興奮しているようだ。「ここのきょうだいたちはぼくのことを信じてくれないんだ。なにをいってもだめ。少なくとも、数十万の生命がこっちに向かっているよ。あらゆる種類の精神インパルスが察知できる。みんな怯えているみたい。いろんな感情がぐちゃぐちゃに交ざってるね。ペリー、かれらは遺伝子の材料にされるんだ。カンタロたちは、ぼくたちが予想した以上のことを考えているみたい。ヴィッダーは視野が狭すぎるよ。いまからそっちにいっていい？」

「探知されないか？」

ネズミ＝ビーバーは甲高《かんだか》い声で笑った。ほぼ悲鳴だ。

「探知？　これだけエネルギーがあふれかえっているなかで？　ありえないよ！　あの掘削ロボットだけでぼくの何千倍ものエネルギーを発してるんだから。きみのいる場所から思考を探りたいんだ。ここはいろいろとじゃまが多くて。アダムスは大いそがしだし、クルーの半分はおなかを壊してるし。濃縮食品が腐ってたんだって。そっちは大丈夫？」

「こっちも同じようなもんだ。特にフルゲンが苦しんでいる。ついでに、薬とトイレ用品をもってきてくれ。迷彩コンビネーションは機能がかぎられているからな」

「まさか、昔ながらのロール紙のことをいってるの？　残念でした！　さっきおなかを押さえながら苦しそうににやけていたスプリンガーの子孫から聞いたんだけど、作戦実行中のヴィッダーたちには、乾きかけの落ち葉だけで充分なんだって」

「その点、ネズミ＝ビーバーは楽でいい」ウォソノフがまじめな口調で口をはさんだ。

「そこの郵便配達屋さんは黙ってて」頭にきたグッキーが叫んだ。「ぼくのからだの仕組みについてなにも知らないくせに。で、そっちにいっていいの？」

ペリー・ローダンはあたりを見まわした。ヤルト・フルゲンはまた藪のなかに消えていった。

「ああ、こっちからそう頼みたいぐらいだ。居室にわたしの装備がある。そこに缶詰肉が入った黄色いプラスティックバッグがあるから、それをもってきてくれ」

遠くのほうから轟音が聞こえてきた。押しのけられる大気が発する音だ。高速のまま着陸態勢に入った宇宙船のパイロットたちは、かれらの接近によって暴風が吹き荒れていることなど、おかまいなしなのだろう。

高圧注射の効果はてきめんだった。数分で胃腸炎の痛みは消えていった。

ヴィッダーのレジスタンス戦士たちはつねにあらゆる種類の物資が不足している。しかし、必要に迫られてなにかを強奪しなければならないときには、最高のものだけに狙いを定めた。

＊

ヤルト・フルゲンは貴重な食べ物の最後のひと口を飲みこんだ。ローダンは気前がよかった。偵察に出ていた全員にひとつずつコンビ缶を分け与えた。内部の熱源がジューシーな牛肉を焼くと同時に、肉の上に格納されているヌードルを温める。

「この銀河系のどこでこんなものが手に入るのですか？」まるで尊敬しているかのようなまなざしで、オンドリ・ネットウォンがたずねた。

「このグッキーさまのおかげだよ」ネズミ＝ビーバーがくすくす笑う。「ほら見て。丸ニンジンの缶詰も見つけたんだ。ペリー、テラの恵みをたくさん配り歩いたら、きっとみんな、素手でカンタロに立ち向かってくれるよ。胃袋をつかんだ相手からは愛以上のものが得られるはずさ」

ローダンは夜の空を見上げた。大気圏に突入してくるフェリーがつくり出す白い輝きは終わりそうにない。遠くにいても、そのさいに生じる空気の動きが感じられた。惑星ウウレマの場所によっては、地表でハリケーン級の風が吹き荒れているにちがいない。ただしパイロットたちには、少なくとも、新設された工場地帯に暴風の被害が出ないよう、着陸のタイミングを調整するだけの知性はあるようだ。

ローダンは食事休憩の終わりを宣言した。

「オンドリ、アクテット・プフェスト、きみたちの出番だ。今後、無線の使用を許可する。これだけエネルギーがあふれていては、だれもわれわれを探知できまい。新設の居住区を監視してくれ。もしあそこに何者かが監禁されるのだとしたら、それがだれかを知りたい」

「あれは巨大な捕虜収容所です」超重族の男がローダンの発言を訂正する。その視線はプラスティックバッグに向けられていた。かれのようなからだをもつ男は満腹を知らない。「お願いが……それをもうすこしもらえないでしょうか？　わたしは、いつもの合成粥《がゆ》がどうも苦手で。あしたかあさってにでも狩りに出て、かならずお返ししますので」

「巨大蛇の肉は最高で」テチ・ウォソノフが助太刀した。「基地には保存加工する手段も存在します」

ローダンはバッグを見おろした。

「ふたつもっていけ！　超重族とエルトルス人の空腹問題は、両種族の歴史と切っても切れない関係にあるからな」

アクテット・プフェストはばつが悪そうに周囲を見まわしてから、身をかがめた。大きな缶なのに、かれの手のなかではミニチュアに見える。

その傍らで、ヤルト・フルゲンがオンドリ・ネットウォンの腕にやさしく触れた。両者はすこし離れたところにある原生樹木の下にすわっていた。

フルゲンはまだ半分残っている自分の缶詰をオンドリに差しだす。

「まだ温かいよ」迫るようにささやいた。「ほら、わたしはもう充分だから。それに、人工粥がけっこう好きなんだ」

オンドリはほほえみながらフルゲンの手をどけた。

「気づいてたわ。でも、ちゃんと食べて、フルギー。わたしは自分のを食べたから。だめ、口答えしないで。わたしたちの関係には男も女もないの。これからは、そんな気遣いをしないで」

「でも、やっぱりいくつかの違いはあるよ」思わず叱りつけるように反論してしまったフルゲンは、すぐに謝った。気まずさをやわらげるために、こうつづけた。

「オンドリ、きみの目は月のようだ」

オンドリは空を見上げてから、フルゲン本人には解釈できないまなざしで見つめながら、フルゲンの頬を指先でなでた。

「フルギー、この惑星には衛星はないわよ！」

フルゲンを気まずさから解放したのはアクテット・プフェストだった。超重族の男はスリムなプロフォス人を追いはらい、コンピュータに集中しろと命じた。

「ついでに、あのコンピュータは司令ユニットでもある」プフェストはつづけた。「それに指示されて衛星にでもいってくるのか？　さっきそんな話をしていただろ」

「ネーサンと地球の月の話をしていたのよ」オンドリが助け船を出した。立ち上がって、迷彩コンビネーションから土をはらい落とす。「プログラムを書き換えたロボットはいまのところ新しい宇宙港で作業をしているわ。管制塔とその横の燃料庫のあいだに太いパイプを敷設している。同じ場所に発電所とハイパートロップ吸引装置も建てられたし」

「たった十時間で。本当に信じられない！」超重族からの追求を逃れられてほっとしたフルゲンがいった。「フィランドロは問題なく機能している」

「フィランドロ！」アクテット・プフェストがくりかえした。「その名はアンブッシュ・サトーがつけたんだろ？　あのロボットにそれほどの価値があるのか、疑わしいがな。サトーがあのコンピュータにどんな細工をしたのか、だれにもわからない。そもそも、建設ロボットがなんの役にたつ？」

「至近距離からの直接的な監視だ」フルゲンがいった。「サトーによってプログラムを書き換えられたフィランドロは、以前よりも知能が高くなっているし、無線でコントロールできる。しかも、書き換えられたことは覚えていない。これは、カンタロがフィランドロを調べようとしたときに都合がいい。フィランドロには、それほど大きな価値があるんだ」

プフェストは肩をすくめてから、自分の飛翔装置を確認した。

「完了！　さあ、収容所の偵察をはじめるぞ。あんな大きなものは見たことがない。悪魔どもは、なにをするつもりだ？」

アクテット・プフェストは目の上に手をかざし、宇宙港の方角を眺めた。できあいのパーツを組み合わせて建てられたプレハブ式の管制塔はすでに稼働をはじめているようだ。探知結果から、宇宙空間からやってきたフェリーは管制塔によって遠隔操作されていると考えられた。

広大な宇宙港に着陸した船の数はどんどん増えていった。着陸間隔は一定で、次の船が着陸するまでの時間に、大型の反重力プラットフォームが行き来できるように調整されていた。

一週間前までは、同じように大量の物資が運びこまれていた。その物資が、工場に、居住区に、そしてそのほかの技術施設に生まれ変わった。

プレハブ部材は届いた時点ですでにかなりの大きさで、それまで惑星では見なかった形のおよそ三万台の専用ロボットが、すさまじいテンポでそれらをつなぎ合わせていった。

あらゆる種類の道具と機械が反重力フィールドに着陸し、必要とされる階層へ直接もたらされた。遺伝子工場に不可欠な化学施設は四つに分割された状態で宇宙からもたらされ、すぐに稼働できる状態に組み合わされた。組み立てが終わると、専用ロボットはすぐに待っていた大型貨物船に乗りこみ、シリカ星系から消えていった。

いま着陸しているフェリーを運んできた船団は、惑星ウウレマの軌道上で待機している。

カンタロは、きわめて短期間で都市や工業地帯をつくることに慣れているようだ。ペリー・ローダンには、施設のすべてが完璧に機能するとはどうしても思えなかった。だが、さまざまな施設を視察するたびに、カンタロが送りこんだロボットの仕事のすばらしさに感心するのだった。

そしていま、NGZ一一四四年五月二十五日、ローダンにはカンタロの建設技術のすばらしさを認めざるをえなかった。

フルゲンは装置の前にすわっていた。アームで保持されたスクリーンの映像は鮮明だった。フィランドロから送られてくる映像だ。

ウォソノフとフルゲンがフィランドロに書き換えたコンピュータを戻したのは、最初のこぶ型艦が到着する直前だった。コンピュータを戻しおえてからわずか半時間後に、カンタロが送りこんできた修理ロボットが廃棄場にあらわれた。そして故障した建設機械を次々と修理したのである。

予想どおり、フィランドロに細工をほどこしたことはばれなかった。修理ロボットは、制御シントロニクスの損傷をその場で修復しただけだった。

ローダンは立ち上がり、原始植物の肉厚の葉をかき分けて、斜面の上に出た。はるか下のほうで、動きが生じていた。ローダンはその動きの主を、ひとまず生命体と呼ぶことにした。

着陸した宇宙フェリーから黒い影の塊りが出てきていた。それら生命体はすぐに人工太陽の明るい光に照らされることになるのだが、種族の特定にはいたらなかった。浮遊してきた巨大な反重力プラットフォームに列をなして向かうそのようすは、まるで意思をもたずに痙攣する巨大な蛇だ。

エルトルス人のビオント、遺伝子操作された悪名高きハイグフォトたちが生命体たちの統率を担当しているようだ。かれらの命令はフィランドロによって傍受され、フルゲンのもとにある多目的シントロニクスに転送されてきた。

かつてアルコン人の技術力を借りて人類を宇宙に導いたテラナーは燃えるような目で

下を見つめた。スコープがなくても、その怪物を見落とすことはない。

二メートル半の大きさのハイグフォトの横に、別の生き物があらわれた。このような場面で監督役を任せるために、カンタロは知性の高いトプシダーに属するトカゲ生物を繁殖させたのだ。ただし、遺伝子操作により、かれらはいっさいの感情をもたない。

手にはエネルギー鞭《むち》をもち、金属を編みこんだその先端が、抑圧される生命体の皮膚に食いこんだ。鞭があたった場所に、稲妻のような明るい閃光がはしった。

ローダンは自分の腕に触れられたことに、すぐには気づかなかった。

「しっかりしてください。テラナー」ウォソノフの声が聞こえた。「このような情景を、われわれは毎日のように見てきたのです。あなたもそのうち慣れますよ」

「ありえない！」

「賭けてもいい！　あなたでさえ、この銀河系を一夜にして救うことはできません。さまざまな種族のギャラクティカーが運ばれてきているようですが、どれも酸素呼吸種族です。つまり、あそこの遺伝子工場では、宇宙船や酸素惑星での標準的な活動に従事する専門家が生産されるということでしょう」

「きみの話にはついていけない！　あまりにもおぞましい話で、そんなことは考えたくもない」

メッセンジャーは下を向いた。二千ほどの生命体を輸送できる反重力グライダーが滑空してきた。

最初のグライダーはすぐに輸送を開始し、二隻の宇宙フェリーのあいだを縫って、居住区のほうへ向かった。

オンドリ・ネットウォンが無線を通じて連絡してきた。

「目視しました。われわれが陣取った方向へ向かってきます。映像監視をすべきでしょうか？」

「ああ、リスクはあるが、やってみてくれ」ローダンが意を決した。「あのトカゲどものエネルギー鞭だけでも、マイクロカメラのエネルギー量を超えるだろう。到着したのはどんな種族だ？」

「ヒューマノイドです！　ですが、どこからきたのかまではわかりません。お待ちください。カメラをセットしますので」

フルゲンのモニターに映像が届いた。飾り気のない反重力グライダーの上で肩を寄せ合っていたのは本当にヒューマノイドだった。

「人類の子孫」いまなお冷静な口調でウォソノフがいった。「ですが、テラ出身者を待つ必要はありませんよ。わたしですら、一度だって見たことがないのだから。あなたの太陽系は特別扱いされていて、封鎖されているのです。そのことを、よく考えてみてください」

ローダンは鋭い目つきで長身の男をにらんだ。ウォソノフはローダンの反応を予想していた。

「きみはわたしにどうしろといいたいのだ？」

「状況の理解、冷静さ、思慮深さ。あなたはいますぐにでもなにかがしたくて、うずうずしているはずだ。できることなら、駆けおりていって、鞭を振るうやつらに素手で立ち向かいたいのでしょう。我慢してください！　われわれにはまだ、カンタロ相手に真正面から殴りこみをかける力はありません」

さらに遠くのほうにも、輸送用のプラットフォームが数台見えた。そのあいだに、カンタロの戦闘宇宙艦が着陸しはじめた。かれらこそが黒幕だ。カンタロがウウレマに遺伝子奴隷を連れてきたのだ。

「われわれがここにきた目的は、できるだけ多くのデータを得ることです」そしてウォソノフはこう締めくくった。「カンタロのソフトウェアが開く道を、いつかわれわれが歩むときがくる。あの捕虜たちのことは忘れてください。いまはまだ、反撃に転じるときではありません。われわれの行動はピンポイントでなければならない」

ローダンは無意識のうちにグッキーに視線を送っていた。グッキーが思考の読みとりに集中しているのを見て、ローダンはウォソノフになにもいいかえさないことにした。

テラナーは藪をかき分け、ネズミ＝ビーバーのそばで身をかがめた。グッキーはたいらな木の根に腰かけている。

その大きな目がガラスのように輝いていた。それまで、下の平野で捕虜収容所へ輸送されている者たちにテレパシーを飛ばしていたのだ。

「なにかある」不明瞭な声でつぶやいた。「違う、たくさんの意識じゃない。ひとつだ！　呼んでる。間接的な方法で。かれだけが知っているなにかのことを考えて。ぼくには……かれの覚醒意識が描くイメージが見える。宇宙船の司令室。《シマロン》の司令室だ。映像にはブリーがいる。一名のカンタロがきた。ダアルショルだ。すべてが暗くなった。クリアインパルスが駆け抜ける。ノイズが多すぎる」

「それはだれだ？」ローダンが問い詰めた。「グッキー、集中してくれ。何千のなかから、その意識を探し出してくれ。だれが《シマロン》のことを考えている？」

グッキーの小さなからだが震えはじめた。ウォソノフが手をグッキーの肩に置くと、震えはすぐに弱まった。

ローダンはもう一度イルトに声をかけた。意識がない、いや、ある種のトランス状態に陥っているようだ。

「ブリー、ダアルショル、ペドラス・フォッホ、誘拐、銀河系惑星への着陸。フォッホ……ペドラス・フォッホだ！　気をつけて、フォッホが警告している」

フルゲンが持ち場を離れ、それが自分の務めといわんばかりに、ローダンたちのもとに懸命に走ってきた。

「それ、わたしがスティフターマンⅢで、通信を通じてですが実際に見たことのあるヒューマノイドですよ」大声で叫んだ。「そのヒューマノイドの名前がペドラス・フォッホでした」

プロフォス人はその場で足踏みをしている。その足がとまったのは、グッキーが突然悲鳴を上げて木の根から立ち上がったからだ。

「気をつけろ、ばか」甲高い声で叫んだ。「ぼくのしっぽを踏むな」

フルゲンは目を丸くしてイルトを見つめてから、地面に視線を送り、まるで催眠にかかったかのようにゆっくりと右足を上げた。

フルゲンが謝りはじめたが、ローダンがすぐにさえぎった。

「忘れろ！　それは本当にフォッホなのか？　もしそうなら……なぜ警告している？」

「その理由がわかったかもしれません」ヘルメットの無線機からオンドリの声が聞こえてきた。「聞いてますか？」

「ああ、聞いている」ウォソノフが応答した。

「いま動き出した三台めの反重力プラットフォームに、だいたい三十名ほどのカンタロが乗っています。まちがいありません。大勢の捕虜のなかに紛れこんでいます。ペドラス・フォッホも輸送グライダーに乗っているのでしょうか？」

　グッキーは踏まれた太いしっぽの先を念のために手で包み、フルゲンをこの欠陥遺伝子の恐竜めと叱りつけてから、ふたたび意識を集中した。

「まちがいないよ」グッキーはオンドリの問いに答えた。「ノイズの多い理由も同じだ。あのきょうだいたちがぼくのプシ・インパルスを、鏡にあたる光のように反射させるんだ。フォッホはプラットフォームにいる。ペリー、かれを連れてこようか？」

　ローダンは斜面に戻った。そこからまた下を見渡す。

「ペリー、どうするの？　大勢に紛れていても、フォッホを見つけることはできるよ。あのグライダーの上で実体化したら、ぼくは……」

「プシオンの網に捕らえられるか、すぐに射殺される」ローダンがさえぎった。「やつらはその瞬間を待っている」

　グッキーは短い脚を動かしてローダンのもとに駆け寄った。

「待ってる？　このぼくを！　どうしてぼくがここにいるって知ってるの？」

「連中はダアルショルから、壁の外からきたテラナーの仲間に危険なミュータントがいると聞いているはずだ」

「ぼくはミュータントじゃないよ！　イルトの能力は自然の贈り物だ」

「そんなことはどうでもいい。カンタロにとっては、きみはきわめて危険な存在だ。やつらはペドラス・フォッホを尋問した。そしてウウレマに連れてきた。カンタロはかれを監視している。われわれがどこに潜んでいるかわからないから、つねに用心している。それともきみは、カンタロが外界から侵入してきた宇宙船の乗員を探そうとしないとでも、思っているのか？」

「もし、というかほぼまちがいないことだと思いますが、もしフォッホが尋問されてあなたがたのことを話したのだとしたら、あなたの名がこの銀河系のおたずね者リストのいちばん上にのっているにちがいありませんよ」ヤルト・フルゲンがローダンにいった。

「グッキーの名とともに」

ローダンはプロフォス人に向けてうなずいた。

「そのとおりだ。きっと、ペドラス・フォッホはわれわれをおびき寄せる餌として利用されているのだ。かれを収容所から救い出す。だが、グッキーの力を使うわけにはいかない！　文句をいうな、グッキー。そうするしかないんだ。それとも、マルティ・サイボーグの腕に飛びこみたいのか？　やつらはきみのプシ能力を吸収しようとするぞ。フォッホはそれを予想している。でなければ、きみが察知できる形で警告インパルスを発するはずがない。かれが思考をくりかえしているのは、われわれに感づいてもらいたいからだ」

「曖昧《あいまい》な理屈だね」ネズミ＝ビーバーが不満そうにいった。

「そんなことはない、毛むくじゃら！」ウォソノフがグッキーにいった。「いったはずだぞ。充分用心しろと。当然フォッホは監視されている。カンタロにしてみれば、銀河系のどこかにきみたちが隠れていることはまちがいないのだから。きみたちをかくれ家からおびきだすために、カンタロはフォッホを惑星から惑星へと連れまわすだろう」

「ひとまずは、派手な行動を起こさずに潜伏をつづける」ローダンが結論を出した。

「基地へ戻ろう。いまからテレポーテーションは禁止だ、グッキー。テレポーターが発する独特なエネルギー周波数を監視している恐れがあるからな。それ専用にプログラムされたシントロニクスなら、ジャンプして再実体化したきみを一瞬で察知できるだろう」

「ぼくのエネルギーは建設機械によってかき消されるよ」グッキーは食いさがった。

「アンブッシュ・サトーは違う意見だ。カンタロの進んだ技術なら、掘削ロボットの転送放電と、きみの独特な周波数の違いを見分けられるはずだ。しばらくはジャンプ禁止だ！　飛翔装置を使ってくれ」

「テレパシーで思考を読むぐらいはいいよね？」

「それはどんどんやってくれ。フォッホがどのバラックに収容されるかを知る必要がある。途中で場所が変えられることもあるかもしれないしな。見ろ、三台めの浮遊プラットフォームがやってきた。フォッホのだいたいの位置がわかるか？」

「もうとっくに。あの混雑のちょうどまんなかあたり。まわりをとり囲むように、マルティ・サイボーグがいるね。そんな目で見ないでよ。ぼくも、なにか怪しいとは思ってるんだから。お役ごめんになったイルトの提案を聞く気はある？」

「ばかなことをいうな、友よ」ローダンは口調をやわらげた。「きみにはまだまだ活躍してもらうぞ。だがその前に、準備を整える必要がある。で、提案というのは？」

グッキーも斜面の縁に歩み寄った。

「フォッホのプシ・パターンはほかのだれともぜんぜん違うんだ。どうも、何週間も前からずっと同じことを考えてるみたい。そのせいで、送られてくる念がとても強力なんだ。はっきりと察知できる。受けとる映像の画質は鮮明ですらあるんだ」

「つまり、いつだって捕捉できるということか？」

「もちろん！」ネズミ＝ビーバーが胸を張ってほかのメンバーに視線を送った。「だれか反論はある？」

ヤルト・フルゲンは両てのひらを見せて左右に振った。ウォソノフはいつものようにつかのまのほほえみを見せた。

「だれもきみの才能を疑ってはいないさ。だが、カンタロが高度なバイオテクノロジーをもちいたプシ探知機を使っていることだけは忘れないでくれ」

「約束する！　なにかがぼくに迫っていると感じたら、すぐに撤退するよ。どう思う、ペリー？　ぼく、ここで偵察をつづけてもいい？　いいなら、アクテット・プフェストと組ませてほしいんだけど」

「オンドリ・ネットウォンのほうがきみの耳の裏をかくのはじょうずだけど」フルゲンが思わず口走った。「あ、ごめん。悪気《わるぎ》があったわけじゃないんだ」

「嫉妬してるの？」グッキーがいいかえした。「ぼくの願いをかなえてくれたら、許してあげる」

「なんでもどうぞ！」フルゲンが応じた。「もちろん、できる範囲内での話だけれど」

「むちゃなことはいわないよ」イルトはうれしそうだ。「きみ、銀河系最先端の武器をもってるんだってね。プフェストから聞いたけど、見事に使いこなしているそうじゃない。きみが自分の足を撃ち抜いてしまう前に、そのＣ４Ｃをアクテット・プフェストにゆずり渡してもらいたいんだけど、どう？」

ヤルト・フルゲンには考える必要もなかった。「そうしてもらえると、こちらもありがたいよ」正直に答えた。「あのデカブツは重すぎるし、扱うのが怖かったんだ。満タンのミニ・グラヴィトラフ貯蔵器を腰にぶらさげているというのも、おっかないしね。なにしろ、宇宙船を動かせるほどのエネルギーだから。そう思うのは、恥ずかしいことかな？」

「恥じる必要はまったくない」ローダンがフルゲンに声をかけた。「プフェストこそ、その武器にふさわしい。いや、まてよ……きみのほうがカンタロの秘密兵器をうまく使いこなせるか？」

ローダンがメッセンジャーに声をかける。だが、ウォソノフは首を横に振った。

「もしそうなら、もうとっくによこせといっていましたよ。わたしの特殊任務では、C4Cは目立ちすぎます」

ローダンは納得してうなずいた。ウォソノフのものの見方はきわめて客観的だ。

「あなたはペドラス・フォッホを収容所から連れだすつもりですね？」ウォソノフがたずねた。「かれがいなくなれば、連中は当然それに気づくでしょう。それでもわれわれが苦心して設営したウウレマ基地の存在を知られずにすむ方法を、すでに思いついているのですか？ヴィッダーの所在を絶対に明かしてはならない。われわれは、情報集めのためにここにいるのですから」

「ああ、大丈夫だ！」

「わかりました」メッセンジャーがうなずいた。「あなたのアイデアがどれほどのものか、見せてもらいましょう。念のために指摘しておきますが、フォッホの体表か体内のどこかにマイクロ発信機が仕組まれていると考えてまちがいありませんよ。かれほど理想的なおとりは、そうそういませんからね」

「そのさい、手伝ってもらいたいんだが、いいかな？　きみはカンタロの機器に詳しいはずだ」

「そう考えたのは評価に値《あた》いします、テラナー！　ええ、お供しましょう。それとも、わたしが単独でやりましょうか？」

「きみはフォッホの顔を知らないだろう」

ウォソノフはくすっと笑った。そしてローダンの肩に手を置いていった。

「フォッホをフィクティヴ・ホログラムで見せてくれればいいでしょう。まあいい。この話はやめにしましょう。あなたには、わたしだけをいかせる気はないのでしょうから。オンドリ、プフェスト、いまの話を聞いていたか？」

「もちろん」超重族の声が轟いた。「フルゲン、これまでのことはすべて水に流してやる。慎重にそのコンボ銃を地面に置け。いや、わたしがくるまでホルスターから抜くな。おとなしくしていろ！」

「そちらへ向かいます」オンドリがいった。「遠い東のほうに、また建設資材が届けられたようです。ほとんどが鋼です。なにがはじまるのでしょうか？」

6

ふつうの状況なら、《シマロン》乗員のだれひとりとして、ひどく損傷したそのスペース＝ジェットを修理せずに作戦に送りだそうとはしなかっただろう。

メタグラヴ・エンジンは信頼性が低いことが明らかになったし、前回攻撃を受けてから、機内のシントロニクス結合体もエラーを出していた。

そのジェットはもともと《ツナミ＝コルドバ》に搭載されていたのだが、《ツナミ＝コルドバ》が破壊されたのち、紆余曲折をへて《シマロン》へやってきた。

格納庫にスペースがなかったため、そのうち修理するという前提で、船外につなぎとめられていたが、さまざまな事態が発生したため、修理する時間がこれまで見つからなかったのだ。

しかし、《ツナミ＝コルドバ》が消滅してもうずいぶん時間がたつというのに、突然ペリー・ローダンがその宙ぶらりんなスペース＝ジェットのことを思い出した。

ミンチ・リスペテがおんぼろの三十五メートル級スペース＝ジェットを、ベテランらしい落ち着きで操縦した。百二歳の冷静なテラナーで、タルカン宇宙では、ラトバー・トスタンの所有していた特殊ジェットはいくつかのユニットが動かなくても、ジェットの構造さえ把握していれば飛ばすことができると証明してみせた。

そのリスペテが、《シマロン》外部の係留装置を離れたのは三時間前だ。指示どおり、目立たないように飛行し、群れをなして着陸をつづけるカンタロのフェリー集団に紛れこんだ。

カンタロの輸送船団に接近して紛れこむことに比べれば、惑星ウウレマの周回軌道から地上への降下はたやすかった。ミンチ・リスペテは、最初に白色恒星シリカに近い軌道を利用して勢いをつけなければならなかった。

探知される恐れがあったため、光速を超えるジャンプをするわけにはいかない。思うようにコントロールさせてくれないメタグラヴ・ヴォーテックスで加速し、第三惑星へ向から飛行経路に微調節を加えるのは簡単ではなかった。

リスペテはさまざまなスイッチやレバーを動かし、臨機応変に対応した。そして、下降するフェリーの火の玉におんぼろジェットを紛れさせて惑星ウウレマの大気圏に突入した。

「なにをやってもいいが、探知だけはされるなよ」ローダンが指向性ビーム無線を通じていった。

リスペテはグラヴィトラフ貯蔵庫の数値をチェックした。本来なら、とっくに充塡しているはずだ。だが、ハイパートロップ・プロジェクターも故障していたため、正確なことはわからない。

前方、はるかかなたに海が見えた。暗い山脈が、まるでスクリーンのようにそびえ立っている。山脈上空三十キロメートルの位置で、カンタロの人工太陽が輝いていた。目印にもってこいだ。

リスペテは自動操縦を切り、手動でフェリーの火の玉から出た。そしてすぐに入射角度を弱める。そうすることで、船首に高エネルギーの耐衝撃フィールドを展開しなくてすむからだ。燃えつきる危険はその時点ですでに克服されている。

千八百メートル級の山が連なる山脈の直前でスペース＝ジェットを停止させ、地表近くでホバリング態勢に移った。そして慎重に機内のシントロニクス結合体を再起動する。

「地上に着いた。着陸に適した場所が見つけられるか？」

「もちろんです」シントロニクスが答えた。その人工的な声はしわがれていた。「ローダンから受けとったミニプログラムには、地面の凹凸《おうとつ》に関するデータが含まれています」

「ちゃんと保存できたんだろうな」リスペテが疑念を口にした。「まあ、いい。ここまで仲良くやってきたんだ。やってみろ」

反重力フィールドの力で宙に浮いていた円盤がまた移動をはじめた。いつでも手動操縦に切り替えられるように、リスペテはおや指を赤い緊急ボタンに置いたままだ。

「いらぬ心配です」シントロニクスが文句をいった。「これぐらいのこと、造作もありません」

「なんの意味があって、トスタンはきみにバイオ部品を埋めこんだんだろうな」リスペテがぼやいた。

「かれがツナミ・スペシャリストのメンタルヘルスについて考える、かしこい男性だったからです。かれの顔を表示しましょうか？」

「またあとでな。あそこに見えるのは渓谷か？」

「そのとおりです！」シントロニクスが答えたが、その声は割れていた。あまり長くはもたないだろう。「ところで、わたしの自己診断機能の修復をサポートしていただけませんか？　まだ使えるマイクロ修理ゾンデがふたつありますので、どこに欠陥があるのかを教えていただければ、送りこむことができます」

「それもあとでだ」リスペテが答えた。「出発前にそうしようとしたら、きみが煙を吐きだしたんじゃないか。気をつけろ、あれが例の谷底だろう。探知データは？」

「ひとつだけです。エネルギー武器と飛翔装置を備えたヒューマノイドが一名。着陸しますか？」

「ああ、頼む！　防御バリアは使うな。仲間か地獄かの二択だ」

スペース＝ジェットは機体から補助脚を伸ばし、無事着陸して静止した。リスペテは着陸用の耐衝撃バリアを使うことさえしなかった。それらを使わなくても、すでにエネルギーを放出しすぎていると考えたからだ。

ジェットのフロントスクリーンに背の高い男があらわれた。腕には武器をかまえている。

「だれだ？」スピーカーから声が聞こえてきた。

「ミンチ・リスペテ」

「だれの命令できた？」

「それはあとで話す。ブリーがよろしくとのことだ」

「よし、正しいコードだ。おりていいぞ、テラナー。ここがきみのゴールだ。ジェットの武器はオフにしてくれ」

リスペテはほっとして笑顔をつくり、すべてのユニットのスイッチを切った。スペース＝ジェットを停止し、機内に外気をとりこんで気圧をそろえてから、下部にあるハッチを通って外に出た。

見たことがない男が外で待っていた。

「テチ・ウォソノフだ」男は名乗った。「ウウレマへようこそ。フライトはどうだった?」

「かなり揺れたよ」

「アクティヴ探知機に捕捉されなかったか?」

「シントロニクスを信じるなら、されなかった。だが、あのシントロニクスはガタがきていて、完全には信用できない。ところで、テラの古い神々よ、きみたちはあのジェットを使って、いったいなにをする気なんだ? 次に飛んだらぶっ壊れるぞ。グラヴィトラフがまだ残っているから大爆発だ。それに、特殊な弾薬も積んできた」

テチ・ウォソノフは中肉中背の男を見つめた。気に入ったのだ。それにウォソノフには、いま、リスペテがどれほどむずかしい任務を完遂したのか、とてもよく理解できた。

「テラの古い神々、か」ウォソノフが感慨深げにくりかえした。「最近、そうした言葉をよく耳にする。きみはテラで生まれたのか?」

ウォソノフは人工太陽のわずかな残光を有効に利用するために、脇へ寄った。その谷底は山脈の西側にあった。人工の光がなければ、たがいの影しか見えない。

「本物のテラナーだ」リスペテがいった。「セラン戦闘スーツを着てきたんだが、飛翔装置は使ってもいいのか? それとも、われわれはすでに探知されていると考えたほうがいいのか?」

「もしそうなら、ここでこんなにゆっくりはしていられない。大丈夫、飛んでも問題ない。ほかのことは、ローダンにたずねてくれ。きみがくるのを心待ちにしているぞ」

「理由は？　まさか、あのおんぼろジェットがほしいのか？　あれは《ツナミ＝コルドバ》に搭載されていたもので、《シマロン》ではもう修理できないんだ。パーツもないし。光速を超える艇は貴重だというだけの理由で廃棄しなかった。新しいスペース＝ジェットを補給できるのも、まだまだ先になるだろうからな」

「ああ、わかる。われわれも、きみたちよりもはるかに物資が不足しているからな。さあ、時間だ。テラナー。目視飛行でわたしについてきてくれ。山脈をぐるりとまわって海側に出る。ジェットはここに置いていく」

*

ヤルト・フルゲンは自分のセランのインジケーターを確認した。今回は、戦闘スーツを置いていくわけにはいかない。

フルゲンは四時に見張り役のギャラクティカーに起こされた。NGZ一一四四年五月二十九日がはじまった。

グッキーとアクテット・プフェストが四日前から観察し、詳細に記録してきた儀式が、数キロメートル離れた場所で数時間後にはじまる。

カンタロは知性が高く、論理的に考える。恒星シリカ第三惑星の環境下で、何万もの捕虜をずっと空気のよどんだ狭い空間に押しこんでいては、健康状態に悪影響が出ることを知っていた。だが、計画されている遺伝子実験の材料を死なせるわけにはいかない。そのため、五月二十六日以降は一日二回、捕虜を一時間だけ外に出すことが日課になっていた。午前九時十五分に、ブロック7Aの捕虜が出てくる。ヤルト・フルゲンがスティフターマンⅢで経験したのと同じで、ここでもカンタロたちは極端なまでに時間どおりに行動した。

ヴィッダー基地の通廊でオンドリ・ネットウォンが待っていた。彼女はローダンが選抜した実行部隊に含まれていた。そこに自分も指名されたことに、フルゲン自身が驚いていた。かれには死を恐れぬ勇敢さもなければ、特別器用なわけでもない。

通路はごったがえしていた。深夜の見張り番だったギャラクティカーたちが居室へ戻っていく。ローダンとアンブッシュ・サトーを除いた正規メンバーは三十二名の知的種族で構成されていた。みんな、交代要員が到着するのを待ちわびている。その小さな基地にある八つの空間は昔の要塞にあった監獄のような趣《おもむき》だった。居心地はよくない。

オンドリ・ネットウォンはプロフォス人を頭からつま先まで眺めた。

「ぜんぶチェックした？　生命維持装置も？　どこ？」

「どこって、あるべき場所にあるよ」ヤルト・フルゲンがいつになく不機嫌そうに答えた。疲れがたまっているうえに、緊張しているのだ。「エアロックに準備してある。わたしのことをばか扱いするのはやめてもらいたいもんだ」

オンドリは笑いはじめた。おかげで、それまでの緊張が解けた。

「だれもあなたをばかになんてしていないわ。なにか食べた？」

「ああ！」フルゲンはいまだに機嫌が悪い。「トイレも忘れずにすませた」

「しっかりと準備を整えるようにって、ペリー・ローダンがいったものね」楽しそうだ。

「それぐらい、いわれなくてもわかってるのに。さあ、いきましょ」

フルゲンはオンドリのうしろを歩き、最近あちこちに設置された監視カメラに向けて舌を出した。

「お子ちゃまね」オンドリが叱るようにいった。「そんなことをしても、シントロニクスはなんとも思わないわよ」

「でも、あとで映像を確認するだれかがいるんだろ」フルゲンはいった。

オンドリは答える代わりに、扉の前にいた二名の警備兵にうなずきかけた。

ふたつの観測・測定室の大きいほうが司令室として利用されていた。隣接する転送室へのエアロックのハッチは開いていた。

小型の転送機が三台置かれていることに、フルゲンは気づいた。発見された場合の唯一の脱出手段だ。どの転送機もエネルギーを自給自足し、五十光分の転送範囲を誇る。

最初の建設要員が到着するよりも先に、ジャングル惑星に届けられていた。銀河系技術で最新の放射吸収機能を備えている。つまり、探知される恐れはほぼ皆無《かいむ》だということだ。

ローダンとウォソノフの変装は完璧だった。ウォソノフはそのような作戦の要点を心得ている。服は捕虜たちが着ているのと見分けがつかなかった。ぼろぼろに破れているわけではないが、捕虜の服装にふさわしく使い古されていて、ところどころすり減っている。

ウォソノフはふたつのプラスティック製のヘルメットを指した。この基地のほかの部分と同じで、そのヘルメットも見た目が醜く、かぶり心地も悪い。

フルゲンはオンドリの横にすわり、三日前に故障したスペース＝ジェットでウウレマにやってきたテラナーを眺めた。とても落ち着いて見える。

ローダンはコンソールデスクの端にすわっていた。右足をスツールにのせている。その足には、膝までの長さの緑っぽい革の編みブーツをはいていた。そんなブーツを、フルゲンはそれまで見たことがない。

ローダンがそのブーツを指していった。

「テチ・ウォソノフに借りたんだ。かれとわたしは、マイラーボトⅫの鉱山労働者。その高気圧惑星ではインケロニウムが採掘されている。採掘場で使われている酸の影響で、このブーツに染みができた。革は、同じ星系の隣りの惑星に生息するトカゲのものだ」

「へえ！」ヤルト・フルゲンが応じた。

「きみがいてくれて本当によかった」ホーマー・G・アダムスがいった。フルゲンは口を閉じ、不安げにあたりを見まわした。ミンチ・リスペテが笑いかけてきた。

「なにに変装するかが決まったのは、ほんの数時間前だ」なにごともなかったかのように、ローダンがつづけた。「これまでのところ、四百名ほどがマイラーボトⅫから運ばれてきた。全員、同じブロックに収容されている。ペドラス・フォッホがいる建物の隣りのブロックだ。どちらの建物の収容者も同じ時間に外に出てくる。そのような機会を、われわれは待っていた。偵察からの情報は信用できる」

オンドリは横目でホーマー・G・アダムスを見た。ヴィッダーのリーダーは緊張しているようだ。アダムスはその作戦に反対しているかのように見える。それほどのリスクを冒してまで、ペドラス・フォッホを解放する価値があるのか、依然として意見はわかれていた。この数日、盛んに議論されてきたにもかかわらずだ。

ローダンもアダムスが発する不安に気づいていた。ウォソノフと目配せをしたあと、ローダンは自分の左手首にとりつけてある多目的デバイスを見つめた。不格好な機械だが、鉱山惑星マイラーボトでは広く使われているものだ。

「変装は完璧です」テチ・ウォソノフがいった。「わたしはマイラーボトでも活動していたことがあるのですよ。ようやくこの惑星に、わたしが生活習慣を熟知していて、なりすましが可能な知的種族が到着したんだ。それに、かれらしか使わないデバイスも装着した。戦闘スーツを着て突入するほうが、よっぽど愚かでしょう」

「だが、外出中の捕虜のなかにカンタロがあらわれたら、作戦を中止するように」アダムスがすぐに応じた。「フォッホにとっては不運だが、われわれは機密情報を手に入れるためにここにいるのだから」

「そのためにも、フォッホを収容所から救い出すべきだ」ローダンが強調した。「わたしはかれを知っている。勇敢で、型破りな男だ。カンタロどもが銀河イーストサイドの一惑星を急ピッチで開発する真の目的を知る者がいるとすれば、それはフォッホにほかならない。かれはなんらかの動きを待っている。われわれが二隻の船でクロノパルス壁を打ち破ったことを知っているからだ。そのうえ、みずからの思考と意識映像を通じて警告サインを発しているのだぞ。グッキーが確実に察知した。カンタロの警備兵は撤退した。これも確実な情報だ。アダムス、いったいなにに怯えているんだ？」

フルゲンは、オンドリ・ネットウォンが動揺しているのに気づいた。ヴィッダーの指導者の懸念を、そのような説得を通じてやわらげようとする者は、これまでいなかったからだ。

細胞活性装置を保持するふたりのテラナーがたがいを見つめた。ホーマー・G・アダムスは、ペリー・ローダンが指導者としての役割を担いつつあることに気づいていた。

「わたしはこれまで、六百年にわたってカンタロの相手をしてきました」アダムスがいった。「カンタロのことはよくわかっている。あなたがフォッホを解放すれば、われわれはここにいられなくなるでしょう。カンタロはあらゆる手段を使って、われわれを探すはずだから。あなたは、あのマルティ・サイボーグどもがどれほどの技術力を有しているのか、まだわかっていません」

ローダンはスツールから足をおろし、ほぼ膝までの長さの革の上着に両腕を通した。その上着もまたマイラーボトⅫのものだ。

「リスペテが乗ってきたスペース＝ジェットは七百年以上前につくられたものだ！　高性能な探知機なら、すぐにテラの船と認識する。カンタロはわたしがここにいることをすでに知っている。フォッホの解放後にこのジェットがスタートしたら、かれらはまちがいなく撃墜するだろう。ジェットのシントロンにはサトーが細工した。救助要請と映像を送信するようにな。その映像では、フォッホとわたしが操縦席にすわっている。それに、ジェット内にはこの識別マークも仕こんでおく。これだ……」

ローダンは右袖をまくり上げた。手首のうしろにコイン大の赤く光る腕章があった。皮膚と融合しているように見える。

「アダムス、これは技術的に探知可能で、つまり、フォッホだけでなく、その救出者もジェットに乗っていることを示す証拠となるものだ。両者がいっしょに逃げようとしたことになる。加えて、カンタロによって撃墜されたときには、トランスフォーム爆弾も爆発する。NGZ四四〇年製造の、典型的なテラの兵器だ。そんな古めかしい爆弾をいまだにもっているのはペリー・ローダンだけ。カンタロはそう分析するはずだ。ローダン死亡の証拠がそれほどたくさん見つかった状況で、きみの基地を探そうとするやつがいると思うか？」

ホーマー・G・アダムスはヤルト・フルゲンに近づき、目の前でとまった。

「フルゲン、きみは社会学者兼統計主任として働いていた。そしてスティフターマンⅢでは重要な役割を担っていた。そのきみから見て、飛び立ったジェットが古い時代のものだと自信をもって判断するまでに、どのぐらいの時間が必要かね？」

プロフォス人は一瞬で別人のように表情が変わった。アダムスはかれの理性に語りかけたのだ。そして理性にかけては、フルゲンはほかのだれにも引けをとらない。

「ネーサンの記憶バンクを含む大型シントロニクス結合体をもちいてリレー・リンク経由でおよそ十四分。ネーサンが所持するデータの実行時間の関係で、それ以上の高速化は望めませんが、その代わりに確実な分析結果が得られます」

「マイラーボトⅫの識別マークや、テラ製の旧式のトランスフォーム爆弾が発する特徴的なエネルギーなども考慮してその数字かね？」

「そのとおりです！　わたしは看視奉仕局の主要シントロニクスをもちいて、もっと困難な課題を解決してきました。一方、もしカンタロたちがローダンの介入を予想していて、この惑星の大型計算機にネーサンが所持するデータを正しくインストールしているのなら、分析には三秒しかかからないでしょう。太陽系までデータを送る時間が省かれるからです。スペース＝ジェットの機体、そのエンジン、識別マーク、映像内の人物、爆発物の特徴などのすべてを正確に分析するでしょう。また、伝達される映像から、ジェットのシントロニクスがきわめて古いことにも気づくはずです。カンタロのコンピュータなら、あっというまにやってのけるにちがいありません！」

小柄なアダムスはプロフォス人をじっと見つめた。そしてなにもいわずに振り返り、コンソールデスクの前に立った。

両肩をもちあげてから、大きな頭を前に傾け、力強くいいはなった。

「いいでしょう。では、ペドラス・フォッホを解放せよ。ただし、残ったわれわれは撤退の準備をはじめる。幸運を！」

7

谷底ではカンタロの専用ロボットがいまだに数多くの建築物を生み出していた。そこから二百メートルほどの高みに実働部隊は集結した。

惑星ウウレマの軌道から物資が絶え間なく届けられていた。東のほう、最初の宇宙港の向こう側では、大型の掘削ロボットがあらたに活動をはじめていた。

それらの高圧成形プレス機能が膨大なエネルギーを発しながら、あらたなプログラムに従って、さまざまな大きさの直方体を生み出している。そのさいに開けられる地面の穴はどれも巨大で、以前よりも深いものだった。

プログラムを書き換えられたフィランドロは、捕虜収容所の近くで作業をしていた。すばらしい建築資材を生み出していたが、東にどんな建物ができあがるのかは、いまのところわからなかった。どんどん拡大を広げる基礎部分は、ヤルト・フルゲンの計算によると、巨大な建物に耐えられるそうだ。

建設機械がいそがしく動きまわることが、小さな実働部隊には利点となった。ペリー

・ローダンが望んでいた利点だ。部隊が生み出すあらゆるエネルギーが、掘削ロボットの放出する大量のエネルギーによって完全にかき消されたのである。フルゲンの推測では、グッキーによる構造振動でさえも、飲みこまれるにちがいない。しかし、それだけで広大な捕虜収容所に侵入できるわけではない。

目には見えなかったが、シントロンが制御する高エネルギー・バリア格子《ごうし》はまちがいなく投影されていた。捕虜収容所の上空を通り過ぎようとした原始的な鳥類が、突然エネルギーの流れに捕らわれて破壊されたことが、なによりの証拠だ。

カンタロたちはウウレマの新拠点をしっかりとガードしていたのである。当然、捕虜収容所は防衛区域に含まれる。そのため、グッキーがテレポーテーションをすべきか、判断がむずかしかった。時間にむだのないテレポーテーションなら、防御バリア格子自体はおそらく突破できると考えられる。だが、戻れるかどうかが定かではない。テチ・ウォソノフは、プシオンを利用した監禁フィールドが発生する恐れを指摘した。

作戦開始位置への移動は滞りなく進んだ。施設の外部には、監視の目が届いていなかったからだ。

NGZ一一四四年五月二十九日午前九時が迫っていた。人工太陽の光が消えた。代わりに、シリカ星系の本来の恒星が光をもたらした。

待機位置の西側では、山脈上空に雷雲が発達していた。稲妻が大きな雲を輝かせたかと思うと、若い惑星の背の低い植生に向けて落ちた。

テチ・ウォソノフは落ち着いたものだ。ときどきローダンに、審査をするような目を向けてくる。いまだに、細胞活性装置を保持するテラナーの実力を完全には信じていない証拠だ。ウォソノフの問いかけにも、そのことがあらわれていた。

「本当にできるんですね？　事態は思うように進まないかもしれない。いまならまだ、計画に修正を加えることが可能です。フォッホとわたしだけを運ぶことにすれば、毛むくじゃらの負担も減ります」

「ぼくの能力を案ずる必要はないよ」グッキーが口をはさんだ。〝毛むくじゃら〟と、いう呼び名にはもう慣れたようだ。「ぼくがペリーとフォッホを一回のジャンプでスペース＝ジェットに連れていってから、すぐに戻ってきみを運ぶ。十五秒でできるよ。ただ、きみが封鎖区域外でぼくを待ってくれたほうが、ぼくにとっては好都合だね。最初のジャンプで、カンタロはぼくの存在に気づくかもしれないから」

「カンタロのことは、われわれがなんとかする！」すでに所定の位置についていたアクテット・プフェストが約束した。「きみはフォッホとローダンをジェットに連れだすことだけに集中すればいい。ウォソノフなら、いざとなれば単独でカンタロから逃げ切れるだろう」

ローダンはあえてなにもいわなかった。代わりに、探知機に意識を集中する。探知機を信じるなら、潜伏位置の下にあるいくつかの建物にはカンタロがいないようだ。

「あのマルティ・サイボーグどもはなぜ消えた？」ローダンは声に出して自問した。

「四日前は、ペドラス・フォッホをとり囲んでいたというのに。危険がないと判断したから警戒を解いたのか、それともこれは罠なのか？」

「あきらめたのでしょう！」超重族がいった。「あなたがたの計算が正しければ、フォッホはわれわれではなく、あなたをおびきだすためのおとりです。いまごろ、かれをどこかほかの場所に連れていく算段でも立てているのでしょう。カンタロは四日ほどで臨戦態勢を解いたのですから」

「では、かれらはいま、どんな態勢を敷いているのだ？」

プフェストは肩をすくめた。かれは行動の男。考えるのは他者の仕事だ。

「議論しても、なんの役にもたちません。いずれにせよ、危険なことは確かです」

オンドリ・ネットウォンが仲裁役を買って出た。両者の見解が食い違いすぎていて、なんのわだかまりもなくみずから歩み寄れる雰囲気ではなかったからだ。下をさしていった。

「この位置からは、岩壁が谷底へ向かってほぼ垂直に立っています。地面に向かってくさび形に突き刺さっています。フルゲンとわたしが行なった計測から、この位置にはバリア格子プロジェクターが設置されていません。このむきだしの壁を登って逃げる者などいないと考えて油断しているのでしょう。したがって、このくさびに沿って降下すればバリア格子のない場所に出ることができます。幅はおよそ二十メートルしかありません。その左右にはプロジェクターが設置されています」

ローダンは腹ばいのまま身を乗り出し、下を観察した。そこから見える風景は、数日をかけて観察しつづけた映像情報と正確に一致していた。岩壁の凹凸はすべて頭に入れてある。下のほうには岩の隙間から生えている小さな広葉樹の藪があって、数平方メートルの地面をおおい隠していた。

オンドリ・ネットウォンはクロノメーターを確認した。

「まもなく九時。およそ十五分後に、最初の外出時間がはじまります。通常、複数のバラックに収容されている捕虜たちで、数はおよそ二千。マイラーボトの無法者たちは昨夜到着しました。かれらにとっては、はじめての外出になります。どう紛れこむかは、あなたがたの責任になります」

テチ・ウォソノフが特殊装備をチェックした。ローダンもそれにならう。

「このミニ飛翔装置のエネルギーは一Gの環境下で十五分しかもたない」ローダンはいった。「忘れるなよ！　予定より早く撤退せざるをえなくなった場合は、完璧にセットすること。そこで失敗したら、飛行というよりも、ジャンプと呼べる程度の距離しか移動できないぞ。準備はいいか？」

ペリー・ローダンはテニスボールほどの大きさの飛翔装置の位置を確認した。重い革の上着の襟の下にある金具にセットされている。この場合、飛行するさいは全身が垂直にぶらさがることになる。針路のコントロールは、あらかじめプログラムしておいたマイクロシントロニクスが担当する。非常時には、手動で行なうことも可能だ。

ウォソノフとグッキーは深みへと消えていった。ローダンが空中に足を踏み入れると、飛翔装置が作動し、一定のスピードで下降した。

全員デフレクターを使用していたが、アンティフレックス眼鏡を装着していたため、たがいの姿を見ることができた。姿を消すためのデフレクターのような過去の遺物を、ヴィッダーはいまも盛んに利用していた。デフレクターは探知機に対しては無力だったが、通常の状況下では目視されなくなるため、まだまだ使い道はあった。そのような小さな工夫が、成功と失敗を決めることもある。

ローダンはミニ飛翔装置がセットされている細いストラップの圧力を不快に感じた。ストラップは衣服の下で、からだにじかにとりつけられていた。その人工線維に、皮膚が敏感に反応したのだ。

飛翔装置のマイクロコンピュータは問題なく動作しているようだ。フルゲンが何日も岩壁を見おろしてから、そのプログラムを書いた。それにより、一見不器用そうなプロフォス人に対するローダンの評価はさらに高まった。

谷底に近づいたときには、自動制御が藪から横に伸びる腕ほどの太さの枝さえも見事に回避した。葉や細い枝は、ローダンが自分の足でかき分けた。そして数秒後には固い地面に立っていた。

「ようこそ！」ウォソノフがいった。「これが、わたしのいつもやっていることです。ご感想は」

「悪くない」ローダンが答えてデフレクターのスイッチを切った。ウォソノフとグッキーもそれにならった。

全員、付近にある唯一の藪のなかに身を潜める。ヴィッダーの偵察は完璧だった。

「可能なかぎりスイッチは切っておきましょう」ウォソノフが提案した。「五分後に外出時間がはじまります。トプシダーには注意してください。あのトカゲどもは共生体で、捕虜の監視という任務のためだけにクローンされた生き物です。反乱のわずかな兆候でも見つければ、迷わず武力を行使します。かれらに察知されてはなりません」

ふたりのヒューマノイドと一体のネズミ＝ビーバーが固唾《かたず》をのんだ。これまでのところ、作戦はうまく進んでいる。

およそ百メートル先、潜伏場所から目視できる位置にあるバラックの門が開いた。その建物は二階建てだった。

数機の小型グライダーがそれぞれ二体のトプシダーを乗せて飛んできて、三メートルの高さで門を守るように左右に配置した。トカゲたちはその建物から出てくる大衆に目を光らせていた。

哀れな捕虜たちに逃げるチャンスなどみじんもないことは、ローダンにも明らかだった。近くにある山脈をおおう密な藪は隠れるのにもってこいに見えたが、自殺志願者でもないかぎり、脱走しようとは思わないだろう。

グッキーはペドラス・フォッホのプシ・インパルスに集中した。不断のトレーニングのおかげで、グッキーは数百万の思考のなかから、特定の思考を見つけだすことができる。

グッキーの口調が単調になった。

「フォッホは隣りの建物にいるよ。長い通廊を歩いてる。いまも、思考の力でイメージを送りつづけている。接触を待っているんだ。扉にたどり着くまで、あと十分はかかる。かれの前にも知的生命体がいる。そのほとんどはヒューマノイド。そのあとを追うようにブルー族とフェロン人。ぼくたちの位置から見える建物には、マイラーボトの鉱山労働者たちが収容されている。かれらも、もうすこし時間がかかりそう」

ローダンは藪から出て捕虜たちのほうを見渡した。かれらの多くはぼうっとしていたが、反抗的な者もいるようだ。バラックとバラックのあいだにある大きな広場にわらわらと出てきて、防御バリア格子のほうに進んだ。そこには数多くのトプシダーが立っている。トプシダーはエネルギー鞭に加えて、コンビ銃も装備していた。

「あわてないでください」テチ・ウォソノフが警告した。「鉱山労働者が出てきたら、われわれもデフレクターをオンにして、バラックに向かいます。グッキー、フォッホの現在地は？」

「ロビーのような場所。ごったがえしている。もうすこしかかりそう。でも、ぼくなら、問題なく確実に見つけることができる。ジャンプして、つかんで、またジャンプすればいいよ」

「だめだ！」ローダンがきっぱりと否定した。「シントロニクスはきみよりも速い。逃げられなくなるぞ。いやな予感がする」

「またきみの予感」グッキーは不満そうだ。「ぼくをカタツムリ扱いしないでよ。いつからぼくは地面を走りまわらなければならなくなったの？　ぼくにはきみたちのような長い足はないいんだよ」

「わたしがおぶってやる」ローダンが即答した。「あの危険区域内できみがジャンプするのは一回きりだ。見ろ、鉱山労働者たちが出てきた。完璧だ、テチ！　かれらはわれわれと同じ格好をしている」

「わたしを疑ってたのですか？　レジスタンス活動では、ほんのちっぽけなことが生死を分けるんです。さあ、デフレクターをオンにして。わたしから離れないように」

テチ・ウォソノフは位置を変えた。ペリー・ローダンともども、デフレクターはふたたびオフにしている。

＊

グッキーだけは、いまだに姿を隠しておく必要があった。ローダンの上着の裾《すそ》をつかみ、小声で状況を伝えた。

それまで一度も体験したことがない、奇妙な作戦行動だった。だれよりも優れた能力を、最小限におさえなければならなかったからだ。

ローダンはすでに捕虜の集団に紛れこんでいた。横にはウォソノフがいる。

ペドラス・フォッホはすでに十五分前に収容されていた部屋を出ていた。ローダンの視界は長い時間さえぎられていた。グッキーの誘導のおかげでフォッホが見つかった時点で、外出時間の半分がすでに経過していた。まもなく十時になる。

「もっとフォッホに近寄って」グッキーが小声でいった。「そこの捕虜たちをかき分けて前に出るの」

しかし、実際にそうするのは簡単なことではなかった。捕虜の集団は広場で大きな円を描いて動いていた。流れを横切るように動くと注目されてしまう。ときどき、ほかの捕虜が答えのわからない質問をしてくることもあった。

この意味では、グッキーもじゃまだった。つねにローダンの背後に隠れているのは容易なことではないし、すでに二回、捕虜によって踏まれてもいた。フェロン人のひとりがあたりを見まわし、いまぶつかったのはだれだと叫んだ。テラナーに押しのけられて文句をいう捕虜もいた。

さらに十分がたち、ローダンはようやく目的を達成した。ゆっくりとした足どりで歩き、ときどき立ちどまりもするフェニックスの自由貿易商の背後に歩み寄り、その横に並んだのだ。

ローダンはそのずんぐりとした男をもう一度確認した。かつて短かったブロンドの髪が、捕虜生活を通じて長く伸びていた。額にも垂れさがっている。

しかし、かつて〝ドレーク〟という組織のメンバーとしていくつかの混乱を引き起こした自由航行者であることに、まちがいはなかった。うるんだ青い目と特徴的な低い鼻はいまも変わっていない。ホーマー・G・アダムスはクローンの存在を危惧していたが、グッキーがつぶやいてよこす情報が、それがクローンではなく本物のフォッホであると確信する証拠になった。

ローダンはウォソノフに視線を送った。ウォソノフはかなり離れた場所から、ローダンとグッキーを見守っていた。かれのかすかな手の動きを見て、ローダンはついに確信を得た。

偶然を装って、フォッホの左腕に触れる。自由商人はすぐにそれに気づき、防御態勢をとった。

「フェニックス基地からよろしくとの伝言だ」ローダンは意味深長にささやいた。「グッキーがジャンプする。文句あるか？」

フォッホは冷静さを保った。ただ、その目がまるで勝ち誇ったかのように輝いたので、かれが暗号をすぐに理解したのだとわかった。フェニックスのことを知っているのは、仲間だけだ。

「ない！　グッキーはどこに？」小声でたずねた。

「デフレクターで見えないが、きみのすぐ横にいる。グッキーの手をとれ」

ペドラス・フォッホが顔を前に向けた。グッキーのデフレクターの作用で、フォッホの左手が消えた。

「いくよ」イルトの声が聞こえた。「離さないでね」

目の前に突然空間が開けたのを見て、うしろにいたブルー族が思わずのけぞった。生じた真空に空気が流れこみ、爆発に似た音が鳴った。

およそ三十メートル離れた場所から、テチ・ウォソノフがそのようすを観察していた。もしもっと近くにいたら、かれもその後一瞬で生じたエネルギーネットに閉じこめられていただろう。

ネットに囲まれた知的生命体の悲鳴が鳴り響いた。みんな地面に伏せていた。おそらく強い痛みを伴う電撃を食らったのだ。エネルギーでできた格子から青い閃光が躍り出た。

カンタロはまだあきらめていないのだ！　歩く代わりに捕虜たちの集団のなかにジャンプしていたら、グッキーは再実体化したとたんにプシオンネットによって捕らえられていたにちがいない。あちこちに仕掛けられたマイクロセンサーがミリ秒ほどの誤差もなくネットを広げる仕組みになっていたのだ。そのため、グッキーといえども、逃走するための二回めのジャンプをする暇はなかっただろう。

ウォソノフはほかの捕虜と同じようにふるまった。周囲に合わせられることが、かれの真の才能なのである。

パニックに陥ったふりをして現場から逃げ、地面に倒れているほかの捕虜を飛び越えながら、だれにもわからない言葉で叫びまわる。この場面では、叫ぶことが重要なのだ！　怯えて逃げ惑う捕虜たちと違う行動をすることには意味がない。

混乱した広場のはるか上で、ヤルト・フルゲンが無線信号を発した。それはプログラムを書き換えた建設ロボットへの指令で、警備兵たちの視線を逃走するウォソノフからそらす目的があった。

フィランドロはそれまでの半時間ほどで、警備兵たちの詰め所に近寄っていた。そこに近づく理由はなかったが、だからといってそのロボットの接近を真剣にくいとめようとする者もいない。

ヤルト・フルゲンの予想どおりだった。それまでの経験から、フルゲンはカンタロの命令系統が非常に複雑であることを知っていたのだ。

クローンのトプシダーやエルトルス人が、カンタロが送りこんだロボットに対して武力で抵抗するとは、考えられなかった。かれらには、フィランドロの奇妙な行動が広場での出来ごとと関係していると考えるだけの余裕はなかった。

作戦が見事に的中した！　長さ八メートルの機械が破壊ロボットになり、エネルギーと機械性能のすべてをもちいて、あらゆるものを破壊しはじめた。

ただし、捕虜を直接けがさせたり殺したりすることがないよう、ヤルト・フルゲンは対策を講じていた。

フィランドロがアームを上げた。その先のグリップから火の玉がはなたれた。火の玉は摂氏十万度を超える熱球に凝縮し、その熱によって警備兵の詰め所の鋼が溶けはじめた。

そしてロボットは可動式の輸送アームで柔らかくなった素材を押し倒し、轟音を立てながら壁を突き破った。巨大な破片が飛び散る。ロボットをとめにやってきた二名のカンタロが、グリップアームの餌食《えじき》になった。

フィランドロは速度を落とすことなく前進した。あちこちで機械が爆発する。警備兵詰め所のドーム屋根が大きく崩れ、炎が立ちのぼった。

そうこうしているうちに、テチ・ウォソノフはデフレクターを起動して、岩壁に到着していた。飛翔装置もセットしてある。最後の五百メートルは飛翔装置を使って移動した。それでもだれにも気づかれなかった。どの機械にも探知されなかった。カンタロたちの用心は、テレポーターの捕獲に向けられていた。その一方で、ウォソノフはプシの放出を極限までおさえた。

プシオン吸収ネットが発生した直後に、通常の防御バリア格子も起動したが、フィランドロが警備兵詰め所を攻撃したことで、その大部分が消失した。次はウォソノフが動く番だ。右のほうでは、できた隙間から混乱に乗じて捕虜たちの集団が逃げだし、ジャングルへと消えていった。

フィランドロがやってきた戦闘グライダーによる砲撃を受けて破壊されるのも見えた。フィランドロは爆発し、その勢いで詰め所は完全に崩壊した。

逃亡する勇気をもてなかった捕虜は建物の裏に避難していた。重傷を負った者はいないようだ。

ウォソノフは垂直に飛翔した。岩壁の縁にたどり着くと、オンドリ・ネットウォンとヤルト・フルゲンが待っていた。レジスタンスの女戦士がメッセンジャーの背に大型の飛翔装置をとりつける。

「できたわ」オンドリが落ち着きはらった声でいった。「ローダンの話では、グッキーはもうこないそうよ。プシオン性のショックを受けたらしいわ。たぶん、あの捕捉ネットの放射に触れてしまったんでしょうね。でも、ジェットには無事にたどり着いたから安心して。あとはマイラーボトの識別マークだけよ。あなた、間に合う？　ローダンたちはいますぐ飛び立たなければならないわ。わたしたちはここを片づける」

ウォソノフはひとことも話さずに離陸し、可能なかぎりの高度を保って飛んでいった。必要なのは識別マークだけではない！　ペドラス・フォッホのからだに仕こまれているにちがいないマイクロ発信機もとり除かなければならない。

＊

ミンチ・リスペテが到着したローダンから着用していた変装用の衣装を受けとり、それをスペース＝ジェットに運びこんだ。革の上着の右袖には、コインほどの大きさの識別マークがある。それが発するインパルスを捕虜収容所のセンサーがすでに捕捉し、シントロン計算機に転送したにちがいない。

くたくたになったネズミ＝ビーバーは、待ちかまえていたヴィッダーのプシオニクス専門家によって反探知フィールドに包まれ、小型の浮遊プラットフォームで基地へと運ばれていった。

スペース＝ジェットの底で口を開けているエアロックの前では、予定どおりそこに設置されていた手術台の上でペドラス・フォッホが横たわっていた。その手術台には、シントロニクスが操作する特殊な手術器具が備わっている。フォッホは裸だった。ヴィッダーに鞍替《くら》えしたアラスのアスケス・アスケハールが手術を担当した。ウォソノフとアスケハールは事前に、フォッホのからだのどこに追跡信号発信機が仕こまれている可能性が高いかについて、議論を戦わせていた。経験にもとづく議論だ。

フォッホは部分麻酔を受けていた。肩から頭部にかけては、麻酔は効いていない。

「この長頭はわたしの脚になにをしようと？」フォッホがたずねた。カンタロから逃れられてうれしそうだ。

「このアラスは最高の専門家だ」ローダンがフォッホをなだめた。「きみの膝部分に広範囲マイクロ発信機が埋めこまれている」

「膝？」フォッホは驚いた。「ダアルショルによって地獄へ連れていかれたことは覚えていますが、発信機のことは。なぜ、よりによって膝なんかに？」

「膝には滑液包というものがあって、発信機を担うゼリー状の共生体にとって、とても居心地がいい場所なんだ。このアラスがすでに発信機の場所を特定した。ほら、いまとりだしたぞ。膝の傷は十五分もすれば治る」

すぐにミンチ・リスペテが、とりだしたばかりの粘液状物質をフォッホの着ていた服で包み、ジェットにもっていった。アンブッシュ・サトーがクロノメーターを見た。

「フォッホの到着から四分と三秒」そしてこう付け加えた。「ウォソノフはなにをしているのでしょうか？　これ以上、スタートを遅らせることはできません。命がけで逃げだした捕虜がのんびりしていては、勘ぐられてしまう」

フォッホがなにかをいおうとしたが、ローダンが手でさえぎった。

「あとだ！　ウォソノフの識別マークはあきらめるとしよう。グッキーのテレポーテーションがなければ、ウォソノフはもう間に合わないだろう。自分でもそう考えて、基地に直接戻ってくるはずだ。フォッホを移動させる。みんな、手伝ってくれ」

その言葉を最後に、だれもたずねなくなった。全員、部分麻酔を受けたフォッホが横たわる簡易施術台を反重力グライダーにのせてから、同じグライダーのたいらなフロアに飛び乗った。サトーが操縦し、反探知機能をオンにして海のほうへと飛ぶ。

「ミンチ、ジェットをスタートさせろ！」ローダンがかつてのツナミ・スペシャリストに向けて叫んだ。「ウォソノフの識別マークはもういい。リスクは承知の上だ。かれはもう間に合わない。スタートだ！」

サトーはグライダーを岩でできた狭い台地に着陸させた。そこからなら、十キロメートル離れたジェットを見守ることができる。

「頼んだぞ、年老いたお嬢さん」ミンチ・リスペテがつぶやき、指でボタンを押した。「もう一回だけ、がんばってくれ。力を貸してくれ！」

数秒後、岩だらけの地形の上空でなにかがきらめき、一瞬だけ谷間の上空で停止してから、速度を増した。

スペース＝ジェットはまるで弾丸のように、プログラムされたコースを空に向かって飛んでいった。またたくまに音速を超えたかと思うと、雷鳴のような轟音を伴う連鎖反応を引き起こした。

ジェットの前部に高エネルギーの衝撃バリアが展開した。バリアが横に押しのける空気粒子が燃え、白く輝いている。

それを見つめるローダンたちの目の前で一本の稲妻がはしった。ふつうの稲妻ではない。自然法則を無視して地面から空へ向かってはしる稲妻だ。そして、古いスペース＝ジェットは見えなくなった。轟音ももう聞こえない。聞こえてくるのは、あちこちの山に反射して響くこだまだけだ。

ローダンはしばらく空を見つめつづけた。もう急ぐ必要はない。あとは、カンタロがこの偽装工作をどう受けとるかを見きわめるだけだ。

「かなりの危険を冒した、ペドラス・フォッホ……想像もつくまい！」ローダンがいった。「きみがわれわれになにも提供できないなら、わたしはアダムスに食われてしまうだろう。アダムスはきみの救出作戦には反対だったんだ」

　自由商人はその言葉を冷静に受けとめた。

「なにも提供できない？　あの宇宙港の向こうに開けられた大きな穴を見なかったのですか？」

　ローダンの顔が真剣になった。サトーはかすかにほほえんではいるが、その目は説明を求めていた。

「くそ、この部分麻酔をなんとかできないんですか？」フォッホがいらだちを口にする。

「あと三分ほどの我慢だ」アラスがいった。「で、大穴がどうした？」

「銀河系がこれまで見たこともないほど巨大なハイパー通信ステーションが建てられます。少なくとも、イーストサイドでは最大だ」フォッホが説明した。「イーストサイドで活動する全カンタロ・グループの無線標識そして情報源となるものです。ここから壁の向こう側への進出を試みるつもりなのです。超重量級の巨大ステーションを効率的に利用するためには、大量のデータが欠かせません……つまり、数え切れないほどのプログラム、おびただしい量のソフトウェアです。巨大ステーションは一カ月後には運用がはじまるでしょう。その前にデータ資源が届けられてきます。遺伝子工場は二の次です。この情報はまちがいありません。これまでずっと、目も耳も開いてきましたから。わたしはたくさんの惑星で、おとりとして利用されてきました。ローダンをおびきだすためのおとりです！　そして、ここウウレマでようやくおとり作戦が成功したわけです。もちろん、カンタロが成功したと思いこんでいるだけですが」

　ローダンはしばらくじっと聞いていた。雲におおわれた空を見上げる。すると突然、ひとつの光が視界にあらわれた。

光は強さを増して白球となり、天然の恒星をおおい隠すほど輝きを強めた。だがなにも聞こえない。それは大気圏外のはるか遠くでの出来事だった。

「百ギガトンのTNTに相当するトランスフォーム爆弾が爆発した」ミンチ・リスペテが抑揚のない声でつぶやいた。だが、その目は燃えていた。「ジェットがついに撃墜された。いまのいままで粘っていたんだ」

　ローダンは黙ってうなずき、東を指した。東の山脈の背後にある秘密基地でヴィッダーたちが待っている。

8

オンドリ・ネットウォン、アクテット・プフェスト、ヤルト・フルゲン、テチ・ウォソノフの四名はペリー・ローダンに従うことに決めた。むしろ、ローダンがそう望んだのである。

ペドラス・フォッホはウウレマに残ることにした。ウウレマにいるほうが《シマロン》にいるよりも役にたてると考えたからだ。グッキーもヴィッダーを支援するためにウウレマにとどまることにした。アンブッシュ・サトーはすでに《シマロン》に戻り、拠点惑星アルヘナへ向けて移動の準備をしていた。

テチ・ウォソノフは三台の小型転送機のひとつに入った。フォッホ救出後、予定されていた時間内にジェットに到着できないことを悟り、直接基地に戻っていたのだ。

ペリー・ローダンはヤルト・フルゲンの横、二台めの転送機の反応ケージのなかにいた。オンドリと超重族の男は命令を待った。ローダンは多目的デバイスに目を落とす。

NGZ一一四四年五月三十一日十三時三十分。カンタロはヴィッダーの基地を探すつもりはないようだ。古いスペース＝ジェットを使ったトリックが成功したのである。

ホーマー・G・アダムスは転送機が置かれた部屋の入口部分に立っていた。すでにローダンに、ヴィッダーの本部で命令をくだす権限を与えてある。

「いまのわたしに、あなたに与えられるものといえば、《ナルヴェンネ》ぐらいしかなくて」アダムスはいった。「二百メートル級の典型的な球型船で、ウイルス壁を突破するためのアルゴリズムはすでにコンピュータ結合体にインストールしてあります。船長はグラトニク・スローヴァル。信頼できる指揮官ですよ。《シマロン》のパルス・コンヴァーターを《ナルヴェンネ》に移し替えることができたら、銀河系を出られるはずです」

「そのあたりのことはアンブッシュ・サトーがやってくれる」ローダンがアダムスをなだめた。「すでにとりはずしを試みている。《ナルヴェンネ》での旅には、かれにも同行してもらうことになるだろう。フェニックスの自由商人はきみたちレジスタンスよりも疑り深いからな。銀河系の外には、たくさんの危険が潜んでいるのでね」

「ここよりも多いと？」アダムスが苦笑した。「まあ、そういうことにしておきましょう。あなたたちが自由商人の五隻の戦闘宇宙船を引き連れて、壁を越えて戻ってきたら、われわれもいま以上のことができるようになるでしょう」

「かならず戻ってくるさ。信じてくれ！」ローダンが約束した。「きみもテケナーとダントンは以前から知っているだろう。かれらは頼りになる。もう出発できるが、きみはまだカンタロに見つかることを恐れているのか？」

「だれも恐れていませんよ」ウォソノフが口をはさんだ。「あのおんぼろジェットはこちらの望みどおりに識別されました。つまり、あなたとフォッホは死んだことになっている。そのうちまた、生存が確認されるでしょうがね！　では、近いうちにまたお会いしましょう、アダムス。へたなまねはせずに、しっかりと隠れていてください。カンタロのデータがきっと大きな変革をもたらすでしょう。いいですね、もういきますよ？」

アダムスはうなずいた。そして踵《きびす》を返し、足を引きずりながら部屋を出る。

数秒後、三台の転送機の非実体化ゾーンが光った。五十光分の転送能力で充分だった。そのさい発生する放射エネルギーは吸収された。吸収されなかったわずかなインパルスも、建設機械の発する膨大なエネルギーにかき消された。

ローダンたちギャラクティカーは時間をロスすることなく、《シマロン》のメイン転送機内で実体化した。

レジナルド・ブルが待ちかまえていた。テラの宇宙船の各種機械は、すでにスタート態勢が整っていた。転送機制御室のモニターでは、巨大な光の球が輝いている。白色恒星シリカだ。

「サトーは作業を終えました」ブリーが報告した。「《ナルヴェンネ》が本当に典型的なテラ製の船と同じ構造なら、問題なくパルス・コンヴァーターを設置できるでしょう」

「あれはテラの船だ！　われわれのものよりも近代的だが、基本は同じだ。新しい友を紹介してもいいか？　ヤルト・フルゲンにたずねれば、カンタロの習慣やかれらのシントロニクスについて詳しく教えてくれるぞ」

ブリーはオンドリ・ネットウォンを特に熱烈に歓迎した。オンドリは控えめに笑顔をつくっている。

ヤルト・フルゲンは不満そうで、耳を赤くしていた。思わずなにかいおうとしたかれの腕をローダンがつかんだ。

「落ち着け、若造。ブリーにはまったく悪意がない」

アクテット・プフェストはブリーを見ながらにやけていた。ローダンの言葉は聞こえていなかった。

一時間後、《シマロン》は移動を開始した。恒星の重力場を離れ、反探知機能を使いながら加速し、何者にもじゃまされることなくハイパー空間に突入した。

拠点惑星アルヘナまでの距離は一万四千八百三十光年。球状星団M－55のはずれにある赤色矮星《わいせい》スマクを周回する唯一の惑星だ。

大気のない準惑星アルヘナは数世紀をかけて大規模に空洞化されていた。銀河系内で抵抗運動がはじまって以来ずっと、そこがヴィッダーの中枢として機能してきた。ホーマー・G・アダムスは手始めとして、荒れ放題だった未知の惑星を基地に変えるという偉業を成し遂げた。

その安全対策は、ペリー・ローダンほど経験豊かな男にとっても目を見張るものだった。

アルヘナへは、八本の経路からしか到達できないうえ、そのうち開いているのは技術的に開放された一本だけなのである。

球状星団の境界からは、識別された船の自動制御を中継ステーションが引き継ぐ。中継衛星だけがそのつど、次の中継ステーションへとハイパージャンプのデータを送り届ける。

そのため、これまでまだ一隻として正体不明の宇宙船がアルヘナを発見、もしくは接近したことはない。

そのように複雑な飛行が求められるため、攻撃される可能性もかぎりなく低い。

そんなことを、《シマロン》がアインシュタイン空間に戻り、方向転換をしてふたたびハイパー飛行に移行したとき、ペリー・ローダンは考えていた。

球状星団M－55は、テラから、いまでは人づてにしか話を聞かなくなった地球から、二万光年の位置にある。

「そんな状態も変えてみせるさ」考えにふけりながら、ペリー・ローダンはつぶやいた。「サトー、きみは……自由商人の船を五隻、壁を貫いて銀河系に連れてくることができるか？　わたしの予想がまちがっていなければ、銀河系はこれから大騒ぎになる。アダムスはまちがいなくカンタロのソフトウェアを手に入れるだろう」

「そして、われわれがアダムスをサポートするのですね」サトーが約束した。「戦闘性能のある船がなければ、なにもできないでしょうから。わたしが《ナルヴェンネ》でフェニックスに向かいます」

ローダンはうなずいた。探知機のスクリーンに、こぶしほどの大きさの光が見える。三十万の恒星からなるM－55だ。そのうちのひとつがスマクである。「フェニックス。よみがえりのシンボル！」ローダンがいった。「サトー、われわれも一からやりなおしだ」

ロボット胞子

ペーター・グリーゼ

登場人物

アトラン……………………………アルコン人
ロワ・ダントン……………………自由商人のリーダー。ローダンの息子
ロナルド・テケナー………………同リーダー。通称スマイラー
ジェニファー・ティロン…………テケナーの妻
イホ・トロト………………………ハルト人
イトリク＝イイ……………………《エプシロン》プロジェクト・リーダー。ブルー族
クリス・ウェイファー……………同フィールド・エンジンの専門家
エンモ・ウェイファー……………クリスの父。昆虫学者
ジャッキー・アンダーソン………《エプシロン》組み立て主任

1

死の二秒前に、かれはなぜ自分が死なねばならないのかを悟った。自分には、もはやこの災難を防ぐことができず、そして自分が悟った内容を、だれかに伝える時間さえ残されていないことも。あと一秒では、警告を叫ぶことすらできない。

認識を映像として記憶しようとしたが間に合わなかった。理性が、いまさらあらたな情報を受け入れることを拒絶したのだ。かれの思考は一瞬で切り替わった。どれほどの被害が生じるかがわかった。だが、それとて、もはやなんの役にもたたない。予想だにしなかったことが起こった。大惨事につながるだろう。そして、なにもそれをとめることができない。

まだ若いその男は最後の呼吸をしながら、アイリーン・デマンドンのことだけを考えようとしたが、おぞましい出来ごとにみまわれた意識が、個人の意志など尊重しなくなっていた。このわずか数秒の余生に、意識は今日のこれまでの時間で起こったことをもう一度再生した。

まるで早送りの映画のように、この数時間の出来ごとがくりかえされた。死が近づいているにもかかわらず、いくつかの疑問が浮かび上がった。今後、だれかがこの厄災の原因を突きとめるだろうか？　だれがこの不幸を引き起こしたのか。この不幸の接近を知ることができた者はいただろうか？　自分の死はほかの全員にとって意味があるのか？

実際のところ、この日はなにも起こらなかった。その若い男は自分にいい聞かせる。衝撃波に鼓膜を破られ、猛烈な熱エネルギーに包まれながら。

クリス・ウェイファーにはそれを意識する時間さえ残されていなかった。痛みを感じるまもなく、目の前に無数の映像を浮かべながら死にいたった。百分の一秒にも満たない死の苦しみのなかで、最後の記憶を思い浮かべる。アイリーン……

＊

クリス・ウェイファーには、その日は惑星フェニックスにおける過去数日、あるいは数週間となんら変わりのない、平凡な一日になると思えた。

見た目がとても若い自由商人のかれは、日が昇るとすぐに、マンダレー郊外にある家を出た。いつものように明るいブルーの作業着に身を包んで。通気性のよいポリセルテートと革のハーフブーツの組み合わせで、近くの転送ステーションまで歩いていく。道端の植物に視線を落とすが、特に興味があるわけではない。自由商人都市の上空を滑空する異質な飛行動物の鳴き声にも関心を向けなかった。いつもとなにも違わない。

今日も仲間とともに、六隻の戦艦の建造をつづけるだけだ。惑星フェニックスのカモフラージュされた宇宙港の地下には広大な施設があり、そこではすることが山ほどあった。そしてそれを行なうロボットや作業員の数はたりていない。

全員ひっくるめて五千にも満たないだろう。そのすべてが、自由商人がフェニックスに建てた唯一の都市であるマンダレーで暮らしていた。ボニン大陸の南東の海岸に位置するマンダレーは、実際のところちっぽけな集落にすぎず、〝都市〟と呼ぶに値《あた》いしない。

マンダレーには統一感がない。局部銀河群に最近やってきて仮の住まいを見つけた種族も含めて、局部銀河群のさまざまな文明の建築様式がごちゃまぜになっているからだ。

マンダレーは遠浅の海岸沿いにあった。住宅地は広大な公園に囲まれていたが、その美しさを楽しめる時間や余裕がある者は皆無《かいむ》に等しかった。表向きは平穏だったが、実際には、時代はあまりに不確かで、慌ただしかった。

外に漏れることはなかったが、地下のハンガーや造船所では喧噪《けんそう》が支配していた。セルヴァ河沿い、マンダレーから二十キロメートルから四十キロメートルほど離れた場所には、ロボットが働くほかの製造施設が散らばっていたが、そうした施設も惑星唯一の入植地の生活と活動に直接影響することはなかった。

実際のところ、フェニックスは一時的な住まいにすぎなかった。自由商人のだれひとりとして、ここで余生を過ごすつもりはなかった。全員が、きわめて単純なひとつの目標をめざしていた。〝父親たちの故郷への帰還〟だ。

クリス・ウェイファーはテラナーだ。テラで生まれたわけでも、テラで暮らした経験があるわけでもないが、それでも自分をテラナーとみなしていた。故郷惑星に関する知識は例外なく、シントロニクスのメモリー、あるいは父エンモ・ウェイファーの語りから得たものだ。

クリスは父とふたりで、マンダレーの北端にあるバンガローで暮らしていた。若くして亡《な》くなった母親に関する記憶は、なにひとつとして残っていない。

若い技術者であるクリスは気むずかしい父親のことを、自由商人社会にとって役たたずな存在だと感じていた。

エンモ・ウェイファーは虫を研究していた。つまり、昆虫学者だ。昆虫研究以外の点では、本当に役たたずだった。再教育を受けて自由商人社会に役だつ仕事をするよう促しても、かたくなに拒みつづけた。

クリスもすでにあきらめていた。ここフェニックスでは、父親が学問と呼ぶことをたったひとりでつづけていくのは、危険がないわけではなかったが、それでも好きにさせた。クリスにしてみれば、それは学問などではなく、完全に無意味な趣味だとしか思えなかったのだが。

実際、父親の生活は危険と隣り合わせだった。フェニックスの植生はきわめて豊かだっただけでなく、肉食植物がとりわけ広く繁殖していたからだ。成人した人間でさえも用心しなければならない藪や木々が存在していた。地下で育ち、いわゆる落とし穴を掘る植物にも注意が必要だった。

クリス・ウェイファーの父親は昆虫学者としてのみずからの才能と知識、それに長年の連れ添いである古いアシスタント・ロボットのカッポ148を信頼していた。そして実際、かれが危険な目にあったことはまだ一度もなかった。レオパルドのような動物、マストドンのような巨獣、恐竜のような爬虫類などといった危険な動物がいる世界も、エンモ・ウェイファーは無事に切り抜けてきた。

若い技術者はそんな父親を好きにさせるしかなかった。それは本人が選んだ道。別の道を歩むよう説得する方法はない。

宇宙港へ常時接続している転送ステーションへ向かう道中、若い技術者は交際相手のアイリーン・デマンドンのことを考えた。

多くの自由商人メンバーと同じで、アイリーンはフェニックスにはいない。彼女は、ペリー・ローダンの指揮のもと《シマロン》とともに旅に出ている宇宙船《ブルージェイ》の乗員だ。テラナーのローダンは《シマロン》にパルス・コンヴァーターを搭載させた。ジェフリー・アベル・ワリンジャーが開発したパルス・コンヴァーターは、故郷銀河を囲むクロノパルス壁を打ち破ることを目的としたきわめて重要な機械だ。

クリス・ウェイファーのみならず、たくさんの自由商人たちが、この作戦の進展について気を揉《も》んでいた。すでに三カ月近くたつが、両宇宙船からなんの音沙汰もない。だが、ロワ・ダントンとロナルド・テケナーが指揮をとるマンダレーにとって、《シマロン》と《ブルージェイ》だけが唯一の頭痛の種ではなかった。《ペルセウス》、《カシオペア》、《バルバロッサ》を駆るジュリアン・ティフラーひきいる作戦部隊からも、なんの情報も得られていなかった。そうこうするうちに、かれらの出立《しゅったつ》からすでにおよそ二カ月が過ぎていた。そうした状況が生んだ動揺は、まだ表面化こそしていなかったが、自由商人のあいだで日々確実に広がっていた。緊張と不安が生じていた。

ダントンとテケナーが自由商人の惑星の指揮を任されてはいたが、かれらだけがすべてをとり仕切っていたわけではない。スマイラーことテケナーのパートナーであるジェニファー・ティロン、アルコン人のアトラン、ハルト人のイホ・トロトがサポートについていた。

自由商人に、なにもしない時間など存在しない。フェニックスは都市開発を進める必要があったが、ロワ・ダントンとロナルド・テケナーにとっては優先事項ではなかった。ここ数カ月の状況から察するに、両者は組織がまもなく数の点で拡大すると期待できた。ペリー・ローダンとジュリアン・ティフラーがどれほどの成功を収めることになるかはまだわからないが、あらゆる不安や問題にもかかわらず、かれらはうまくやってのけると信じていた。

メンバーが増えれば、より多くの住居が必要になる。だが、それはロボットたちがあっというまに建ててくれるだろう。メンバーが増えるということは、組織の影響力を高めるためにも、より多くの宇宙船が必要になるということでもある。

惑星サトラングの軌道上には主《あるじ》を失った宇宙船が数隻漂っていて、文字どおり好きに利用することができた。フェニックスの宇宙港の地下領域にあらたに造船所を設けた自由商人は、ローダンが去ってすぐに、漂流船からパーツを回収しはじめた。サトラングからもたらされた宇宙船はどれもそのまま使える状態ではなく、また、自由商人の需要や望みにかなっていなかったため、例外なく改造、拡大、もしくは改良された。

コードネーム〝トランスポート〟のもとで行なわれた第一フェーズを通じて、フェニックスの地下ハンガーには充分な量の宇宙船パーツが集まってきた。それだけあれば、ダントンとテケナーが求める六隻の高性能戦闘船を建造できるだろう。

そこで第二フェーズ〝改造・新造〟をスタートさせた。それにより、フィールド・エンジンの専門家として、クリス・ウェイファーに多くの仕事がまわってきたのだった。

第二フェーズがはじまって七週間がたつが、これまで宇宙港での作業はすべて計画どおり、順調に進んでいた。大きな問題は生じていない。フェニックスは、表向きは静かだった。ただ、ペリー・ローダンとジュリアン・ティフラーの遠征に関してなにもわからないという事実が、自由商人たちに重くのしかかっていた。そしてクリス・ウェイファーにとっては、最愛の女性に対する心配がそこに加わった。

クリスは、アイリーンとの関係について自信がもてなかった。不安に満ちた見通しの悪い時代には、種族にかかわらず、どの自由商人も個人的な関係には興味を向けなかった。もっとも大きな解決すべき問題があるからだ。その証拠に、マンダレーではまだほとんど子供が生まれていない。

だが、フィールド・エンジン専門家は思い悩みつづけた。アイリーン・デマンドンとクリス・ウェイファーは《ブルージェイ》が出発する数週間前に親密になったばかりだ。それ以前、若いアイリーンにはジャッキー・アンダーソンという別の交際相手がいた。このアンダーソンも、クリスと同じグループに所属し、フィールド・エンジンの組み立てを担当している。

表面的には、両者はたがいを尊重しているが、かれらの頭のなかでなにが起こっているのかは、想像に難《かた》くないだろう。アイリーン・デマンドンをめぐる闘いはまだ終わっていなかった。

転送ステーションで、クリス・ウェイファーはたくさんの見慣れた顔に会った。二名の男性と三名の女性の一団が二番の転送機を選んだ。その転送機はセルヴァ河沿いのロボット施設に通じている。そこでは数週間前から特別な作戦チームが活動していた。

パルス・コンヴァーターの設計資料はすでに自由商人の手に入っていた。たとえペリー・ローダンがもっていったプロトタイプが完全に満足のいく成果を残せなかったとしても、今後のためにさらなるパルス・コンヴァーターをつくり、使い、経験を集めて改良を重ねる必要がある。

そこで、アトランが指揮する技術者のグループが、さらに二機のパルス・コンヴァーターを製造する任を得たのである。その製造も、基本的には宇宙港の地下施設で行なわれているのではあるが、パルス・コンヴァーターのいくつかのパーツはセルヴァ河沿いのロボット施設で製造されていた。ただし、それにはスペシャリストの指示が欠かせなかったので、かれら五名の自由商人がその任務に就いたのである。

クリス・ウェイファーはほかのメンバーに挨拶をしてから、自分を転送させた。シフトがはじまるまで、あと半時間はある。急ぐ理由はなかった。

宇宙港に着くと、まず数カ月前に設置されたインフォメーション・センターに向かった。二十メートルかける二十メートルの部屋の二枚の壁をおおう巨大な文字・映像スクリーンに、六隻の宇宙船を建造するのに重要となる情報のすべてが表示されていた。作業工程、現状、欠員情報などだ。

加えて、宇宙港などに関する重要なデータも含まれていた。クリス・ウェイファーは自分にとって重要な部分すべてにじっくりと目を通した。特別な情報はなかった。しいていえば、アイリーン・デマンドンをめぐるかつての恋敵、ジャッキー・アンダーソンが前日に病欠を申し出ていたことぐらいだ。

今日に関していえば、ロナルド・テケナーとジェニファー・ティロンが造船所を訪問する予定が組まれていた。かれらは定期的にやってきては、戦艦六隻の建造状況を確認した。その日のそれも通常の視察であることを、クリス・ウェイファーは知っていた。

停泊している自由商人の船のリストをざっと眺める。八隻の名が並んでいた。そこには、つい最近加わったばかりで、ふたつの遠征に参加していない宇宙船も含まれていた。「《ハーモニー》、《リンクス》、《ハルタ》、《ソロン》」クリス・ウェイファーがつぶやいた。ほかの名前はつぶやかなかった。自分と同じシフトのほかのメンバーがやってきて挨拶したからだ。

「さあ、はじめよう」クリス・ウェイファーは同僚たちに笑いかけた。「造船所で《エプシロン》が待っている」

＊

クリス・ウェイファーは造船所の無数のライトが照らすまぶしい光のなか、いつものようにたくさんの装置に囲まれている未完成の《エプシロン》の船体を見つめた。今日は、はじめてフィールド・エンジンのテストをする予定だった。そのための準備はすでに整っている。

このテストは重要な一歩となる。だからこそ、テケナーも視察しにくるのだと、クリスは確信していた。

造船ホールはほぼ立方体の形をしていた。各辺の長さはおよそ三百メートル。とはいえ、完全な直線ではなかった。垂直にのびるコーナーはホールの強度を高めるために、ゆるやかな弧を描いていた。床面も正確な正方形ではなく、角が丸みを帯びている。そのほうが、高い圧力に耐えられるからだ。

天井ではエネルギー・バリアがかすかにちらついていた。その上にハンガー・ゲートの両翼が見えている。そのゲートを通って、サトラングの軌道から届けられたパーツが造船ホールに入った。次にそのゲートが開くのは、宇宙船が初飛行するときだ。

いまは見えないが、ゲートの上には直径三百メートルの円形のトンネルが水平にのびている。すべての造船ホールの天井がそのトンネルにつながっていて、そこから本来の宇宙港のハンガーやゲートに出ることができる。

天井下のバリア・フィールドは安全策だ。このフィールドは、一瞬で《エプシロン》を建造中の造船所の全側壁に拡大可能だった。この惑星の地下にある造船所のすべてで、同じ安全策が敷かれていた。

そこまでする理由は、自由商人の惑星フェニックスの地殻活動にあった。不規則な間隔で地震が発生し、宇宙港の全施設を脅かしていたのだ。そのため、自由商人たちは初期の段階ですでに、二重の安全策を講じるようになった。

まず、掘削する時点で、かなり慎重な策をとった。土砂《どしゃ》や岩盤を除去するのではなく、分子変換して高度に圧縮した。宇宙船の外壁にもちいる特殊金属と同じような処理をほどこしたのだ。そうやって得た物質で数メートルの厚さの壁をつくった。それだけで基本的には、地下の通常の圧力だけでなく、地殻変動時に発生する極度の負荷にも耐えられるはずだ。

したがって、本来は必要ないのだが、念には念を入れて、バリアを天井面にだけ展開している。なんらかの異常が起きたときにはそれが自動で全面に広がる仕組みだ。

およそ一時間後、フィールド・エンジンのテストの準備が完了した。クリス・ウェイファーは四メートルの箱のような作業ロボットとともに、四十メートルの高さにある移動式プラットフォームの上にいた。宇宙船の観点から見た場合、かれはちょうどエンジン・セクションの上あたりにいることになる。エンジン・セクションではそれぞれ二名の男女が監視位置についていた。

クリスの前には、宇宙船の側壁部分がまだおおいのないまま、むきだしになっていた。さまざまな色の回路素子、導線、サーボ、そのほかの小型部品が見えている。素人の目には意味不明なパズルにしか見えないが、ウェイファーはシントロニクス・ロボットのアシストがなくても、重要な機能のほぼすべてが理解できた。

テストのさいのかれの役目は、目の前にある百二十八の微小な回路がたくさんのLEDを点灯させながら実行する制御プロセスを監視することだけだった。すべてのシグナルは、実際のエンジンだけでなく、ロボットにも送られてくる。そしてロボットのシントロニクスが詳細をすべて監視する手はずになっていた。

実質上、緊急時にテストをとめるのは、ロボットの役目だ。いざというときは、ロボットのほうが反応が早いのだから。つまり、クリス・ウェイファーにできることはほとんどなかった。ただし、原則として、重要なテストをシントロニクスに任せないことになっていた。

クリス・ウェイファーはロボットにルーペをかまえさせ、フィールド・エンジンを制御する中枢回路のマトリックスを観察した。その複雑な機構を通じて、司令室からのすべての情報、命令、そしてデータがエンジン・セクションに届けられるのだが、その大きさはてのひらほどしかない。

下のほうからエネルギー補正装置が稼働したことを告げるシグナルが送られてきた。これにより、宇宙船の外部に発生する駆動フィールドは捕捉および無力化される。つまり、エンジンが動いても船は動かないということだ。

そのためのスペシャリストが、船外の制御室にシグナルを送ると、そのシグナルが司令室に転送された。それを皮切りに、合計三十六の持ち場にいるメンバーから、それぞれ準備完了のメッセージが送られてきた。

実験開始のシグナルは、十秒のカウントダウンの形で行なわれた。カウントダウンの最中、クリス・ウェイファーは横にあった別のプラットフォームに目をやった。そこがエネルギーの充塡状況を監視している。スタートの合図の瞬間、ジャッキー・アンダーソンが目に入った。

一瞬、なにかがおかしいと思ったが、自分の仕事に集中することにした。

すると、マトリックス回路上で光ってはならないシグナルランプが点灯した。肉眼ではほとんど見えない導線の数本が熱で焼けているのに、ロボットはなにもしない。

クリス・ウェイファーは本能的にルーペの拡大率を上げた。

〇・二五ミリメートルほどだろうか、クモのような形をしたきわめて小さな金属片が見えた。それが完全制御に不可欠な導線経路百一番から百七番までをショートさせていた。

同時に、その奇妙な物体の微小な脚の一本が、フィードバック回路を遮断していた。

ウェイファーはエネルギーが暴走し、大爆発が起こるのを悟った。

アイリーン……

頭のなかの叫びを聞く者はいなかった。

2

宇宙港の地下構内を造船所に向けて屋内用グライダーで移動していたロナルド・テケナーとジェニファー・ティロンの耳にも、爆発の轟音《ごうおん》が届いた。ふたりは数分前に、マンダレーからボニン大陸の中央山脈の内部に到着したばかりだった。

「なにかあったんだわ！」ジェニファーが叫んだ。

テケナーは黙ったままうなずく。とにかく情報が必要だ。その爆発を機に、フェニックスでは有線での通信のみが認められるという規則が自動で無効になった。自由商人は緊急事態に備えていた。危機のさいには、あらゆる手段を通じた情報交換が認められていた。

テケナーはグライダーを加速し、宇宙港の中枢に連絡した。

「《エプシロン》を建造中の造船ホールで大きな爆発があったようです」自由商人が応答した。「自動的にホールがバリアで包まれたので、詳しいことは不明です。通信は遮断されました」

「救助隊は?」

「向かっています。宇宙港司令室は迅速かつ的確に反応しました」

「わたしも《エプシロン》の造船ホールへ向かう。今後、いつでも通信できる状態を保ってくれ。なにか新しい情報があれば、すぐに伝えること」

そういってジェニファー・ティロンにグライダーの操縦を任せ、自分はできるだけ早く現場に到着するために、《エプシロン》の造船所につながるトンネルや通路の複雑な迷路を思い描いた。

爆発現場に到着するすこし前、テケナーらは宇宙港の責任者から、《エプシロン》建造のプロジェクト・リーダーであるブルー族のイトリク＝イイが内側から防御バリアを解除することに成功し、そこで働いていた多くの専門家とともに造船ホールを出たと聞かされた。

スマイラーはそれ以上の情報を得ることはあきらめた。その瞬間、ジェニファー・ティロンがグライダーを造船ホール手前の小さなロビーに急旋回させたからだ。ロナルド・テケナーはまだ動いているグライダーから飛びおりた。二十名を超える自由商人の集団に走り寄ると、イトリク＝イイの姿もそこに見えた。

ひと目でだいたいの状況はわかった。開放された門から造船ホールを一瞥《いちべつ》する。煙が吸い出されている最中で、次第に宇宙船のようすが明らかになってきた。

船は固定具に引っかかってはいたが、斜めに傾《かし》いでいた。その片面では、胴体に大きな穴が開いている。フィールド・エンジンの格納されていたセクターだった。

たくさんのロボットや防護服を着たメンバーがいそがしく走りまわり、火を消したり、けが人を搬送したりしていた。みんなランプを手にもっている。爆発によって、ホール内の照明の多くが破壊されたからだ。

イトリク＝イイのまわりに集まった自由商人たちは興奮して口々になにかを話していたが、テケナーの大声を聞いてようやく静かになった。テラナーはブルー族に歩み寄った。

「なにがあったんだ？」

皿のような頭をした男は肩をすくめる。

「だれにもわかりません」と、いった。「なにかを知っているのは、この事故を起こした悪魔ぐらいでしょう」

「正確な情報をくれ」ロナルド・テケナーが迫った。

「話せることはあまりありません」イトリク＝イイはため息をつきながら、うなだれた。「フィールド・エンジンの初回テストをはじめようとしたばかりだったのですが、起動して三秒もしないうちに、エンジン領域の中央部分が爆発しました。わたしはすぐに煙に対処してから、防御バリアを部分的に解除して、生存者を外に逃がしたのです」

「生存者？」スマイラーの表情が険しくなった。「つまり、負傷者だけでなく死者もいるのか？」

「まちがいありません、テケナー。建造中の《エプシロン》のまわりには四十六名がいましたが、出てこられたのはちょうど半分だけですから。あとは救助隊に任せるしかありません」

そうこうするうちに数多くの負傷者が、だれかに支えられて、あるいは担架《たんか》に乗せられてホールから出てきた。ロナルド・テケナーは十八名の男女を数えた。

救助隊のリーダーである背の高いテフローダーがやってきて、スマイラーに話しかけた。

「悪い知らせが」真剣な表情でいった。「五名が亡くなりました。こちらが犠牲者のリストになります」

イトリク＝イイがテケナーの肩越しにそのリストを眺めた。

「エンジン部にいた四名だ」と、つぶやく。「これはしょうがないでしょう。それから、クリス・ウェイファー。かれは外から全工程を監視していました。残念な話です。もしかれが生きていたら、爆発の原因についてなにか気づいていたかもしれませんから。現場をもっとも俯瞰《ふかん》できる位置にいたのが、かれでした。かれの使っていた作業ロボットの残骸を見つけて、データを分析するしかないでしょう。なにかわかるかもしれません」

「あなた自身はどう思うの?」ジェニファー・ティロンが集団に加わり、ブルー族に話しかけた。「イトリク＝イイ、あなたほど経験豊かなベテランなら、心あたりがあるはずよ」

「お世辞をありがとうございます、ジェニー」ブルー族の男は本当に困惑しているようだ。「死者五名、負傷者十八名。これは由々しき事態です。わたしが本当に経験豊かなら、このような事故は防げたでしょう」

「あなたの考えを聞かせて」ジェニファー・ティロンははぐらかされなかった。

「わかりません」ブルー族は両手をぎゅっと握りしめた。「予想を話しても、なんの役にもたちませんからね。ただ、サボタージュが真っ先に疑われます。本当なら、数多くの安全対策によって、なんらかの異状があった場合には、エンジンはすぐに停止されたはずなんです。ですが、今回はそうならずに爆発を起こしてしまった。つまり、何者かが、異状が伝達されないように、あるいは安全策が働かないように、細工したということです」

「サボタージュ?」ロナルド・テケナーの言葉は、確認というよりも、むしろ問いかけだった。「その線は考えにくい。フェニックスに工作員がいるはずがない。それとも、だれか別の意見をもつ者はいるか?」

そういって、黙りこんでいる者たちの顔を見まわした。

救助隊は五名の遺体をホールから運び出した。心苦しくはあったが、スマイラーはみずからの目で死者を確認したかった。ほかの自由商人たちは、ほとんどが背を向けた。

「慰めにはならないが」テケナーがいった。「みんな、苦しまずに死ねただろう。かれらの表情に浮かんでいるのは驚きだ。恐れを抱くほどの時間もなかったのだ」

「これからどうなるのでしょう？」イトリク＝イイがたずねた。

「答えはひとつだ」その答えをいう前に、ロナルド・テケナーは別の造船ホール、宇宙港司令部、そして、事故についてあらましを知らされたばかりのロワ・ダントンが待つマンダレーに通信をつないだ。「いますぐ、六隻すべての建造を中断する！《エプシロン》が爆発した原因が完全に究明されるまで、再開はしない。これ以上の命を失うわけにはいかないからだ。調査委員会を設置する。その委員長には、ここにいるプロジェクト・リーダーのイトリク＝イイを任命する。きみが自分で委員会のメンバーを選んでくれ。ただし、上限は六名だ」

「わたしが調査委員長ですか？」ブルー族の男は驚いたようすで両手を胸の前で広げた。

「めっそうもない。わたしは、この不幸を目《ま》のあたりにした張本人なのですよ」

「あなたはテケナーを誤解しているわ」ジェニファー・ティロンが説明した。「それに、この不幸には、ここにいる全員が見舞われたの。あなたに委員として調査にあたるメンバーを選んでもらいたいのよ。そして、あなたもそのメンバー。わたしたちふたりが、委員会をひきいるから」

そういって、夫と自分を指さした。

テケナーはその点にはなにもいわず、イトリク＝イイは提案を受け入れた。

「まずは犠牲者の家族や友に悪い知らせを届ける必要があるわね」妻がいった。「ここでは必要な作業をはじめてちょうだい。痕跡のすべてを見逃さないように。サポートが必要なら、わたしたちに声をかけて。マンダレーとここに常時通信とデータ回線をつないでおくから。このふたつの連絡手段をもちいて、すべての情報をわたしたちと共有すること」

ブルー族はその場にいたメンバーと救助隊の指揮にあたった。ロナルド・テケナーとその妻はしばらくそのようすを眺めたあと、マンダレーへの帰路についた。

「イトリク＝イイに対してすこし厳しすぎるんじゃないか？」スマイラーは転送ステーションへ向かいながらジェニファー・ティロンにいった。「かれは明らかにショックを受けていたのに、きみが言葉でさらに追い打ちをかけるものだから……」

「あなたがはじめたことよ」ジェニファーはいいかえした。「でも、悪いことじゃないわ。ショックを克服するには、なにかをするのがいちばん。わたし、ブルー族のことには詳しいの。違う質問があるんだけど、サボタージュについてどう思う？」

「まずは調査の結果を待ってからだ」テケナーが答えを避けた。「たとえ今回の事件がテロ攻撃のように見えるとしても、意味が通じない。だから、いまのところはシステムにエラーが潜んでいるんじゃないかと思う」

しかし、その言葉もまた、あまりに漠然としていて無意味に等しかった。

「とにかく用心をつづけましょう。もしかすると、わたしたちが想像もできないような裏があるかもしれないから」

ふたりはマンダレーで別れて、それぞれ犠牲者の家族のもとを訪問した。

それが終わったあと、両者ともロワ・ダントンの前にすわっていた。ジェニファーが、クリス・ウェイファーの父親に会えなかったと報告した。昆虫学者はハウスロボットにメッセージも残さずに、フェニックスのどこかをほっつき歩いているのだろう。

アトランはパルス・コンヴァーターの製造を中止して、イホ・トロトとともにマンダレーへとやってきた。全員で一時間ほど話し合ったが、成果はなにもなかった。いずれにせよ、アルコン人は宇宙船建造の中断を、パルス・コンヴァーターにまで拡大する理由はないと主張した。

だれもそれに異を唱えなかった。

解散したとき、ロナルド・テケナーはいよいよ自分の出番がきたことを知った。調査委員会が最初のレポートを提出したという連絡を受けとったからだ。

イトリク＝イイから最初の画像とテキストを受けとったとき、ロナルド・テケナーとジェニファー・ティロンは作業を分担することにした。テケナーが技術的な問題と被害の詳細に注目し、心理学に精通するティロンは造船所で働くメンバーに焦点を当てる。

この分担は、両者の意見を間接的に反映していた。テケナーはこの不幸を技術的な欠陥による事故とみなす一方で、妻のほうはサボタージュを疑っていたのだ。

＊

そうした初期調査に加えて、得られたデータのすべてがマンダレーにある中央シントロニクスにも入力された。そのコンピュータは《エプシロン》を建造中の造船所の完全な建設データを記憶しているため、第三の独立調査機関として機能する。

技術レポートからも、爆発現場の調査からも、直接的なヒントはなにも得られなかった。爆発にいたった過程は、理論的には説明できた。その理論が正しければ、テストの開始直後にフィールド・エンジンに最大量のエネルギーが供給されたことになる。だが、シントロニクスが制御するかぎり、そのような事態は起こりえないはずだ。たとえシントロニクスがなかったとしても、エンジンルームにある安全システムが単独で、そのような出力を防止できるようになっていた。だが、それも起こらなかった。

まだ完成こそしていなかったが、宇宙船《エプシロン》の中央司令室にもエネルギー異常に関するシグナルがただのひとつも送られていなかったのも、あまりにも不自然だ。同じことが、プロジェクト・リーダーのイトリク＝イイがいた造船所の外部制御ルームにもいえる。

つまり、フィールド・エンジンが完全に誤作動したうえに、フィードバックがなにひとつとしてもたらされず、しかもすべての安全システムが機能しなかったことになる。

「この三つの要素は関連しているにちがいない。壮大なパズルだ」スマイラーがうめいた。

ジェニファーは一瞬スクリーンから目を離したが、顔をしかめただけでなにもいわなかった。

ロナルド・テケナーはシントロンに問いかけた。ただし、妻のじゃまをしないように、今回はキイボードを使った。

〈プロジェクト・リーダーのイトリク＝イイには、大惨事に通じた三つの要素に細工を加えることが可能だったか？〉

〈いいえ〉シントロンがスクリーンに答えを表示した。〈そのような細工は事前に察知されたにちがいありません〉

〈事前になんらかの細工はされていたはずだ！　なのに、だれもそれに気づかなかった。やはり、なにかがおかしい〉

〈説得力はあまりありませんが、すべての手がかりを総合すると、テストがはじまると同時にすべての細工が行なわれたと考えられます〉

〈ばかな、ありえない！〉ロナルド・テケナーが首を横に振った。〈そんなことが可能だと思うか？〉

コンピュータはすぐに答える代わりに、カラーの回路図を表示した。

〈テストエンジンの主要基板です〉と説明する。〈爆発に関連する、もしくは爆発を阻止するためのデータのすべてがこの基板を通ります。改変が行なわれたとすれば、ここ以外に考えられません。推測ですが、テストの開始と同時に、マトリックスが事前に準備されていたサボタージュ・マトリックスで置き換えられたのではないでしょうか。ほかには説明の可能性が見つかりません。爆発を引き起こし、警告と停止命令を阻止するのに必要な変更を本来のマトリックスに加えることは、専門家ですら数分ではできなかったでしょう。やろうとする者がいても、すぐに見つかったはずです。以上の考察をヒントに、結論をお出しください〉

ロナルド・テケナーはもう一度、テストの詳細を記したレポートに目を向けた。いま、シントロンが明らかな方向性を示したが、テケナーはそれを信じたくなかった。

〈テストのときに〉テケナーはキイボードで入力した。〈もっとも近くにいただれかがマトリックスを交換したにちがいないといいたいのか？　それならば、クリス・ウェイ

ファーがやったことになるぞ。ほかには考えられない〉

〈理論上、ウェイファーと同じプラットフォームにいた作業ロボットであった可能性も残ります〉

〈それなら、ウェイファーが阻止できたはずだ。しかし、残念なことに、クリス・ウェイファーはもう生きてはいない。かれ自身、爆発の犠牲になった〉

〈自殺でしょうか？〉スクリーンに表示された。〈サボタージュには成功したものの、爆破の威力が予想以上に強かった？〉シントロンでさえ判断に困っていることが、クエスチョンマークから読みとれた。

これまで得たすべての情報から、テケナーには、クリス・ウェイファーを疑う充分な根拠があると思えた。だが、シントロンがあげたふたつの可能性のどちらが正しいのかは、スマイラーにもわからなかった。両者とも、動機がなかったからだ。

「じゃましていいかい、ジェニー」テケナーは立ち上がり、肘掛け椅子にもたれかかっていた妻に歩み寄った。

「いつでもどうぞ」ジェニファーがいった。「わたしも、ひととおり目を通したから」

「なにか見つかった？」

「ううん。ちょっとおかしな点はあるけど、たぶん関係ないと思う。そっちは？」

「出来ごとの過程については、だいたいわかった。中枢のマトリックス回路がテストの開始直後に操作されたか、交換されたとしか考えられない。だが、なぜそのようなことが行なわれたのか、理由までは説明できない。だれがやったのかもわからない。死亡したクリス・ウェイファーという技術者について、詳しいことはわかっているのか？」

ジェニファー・ティロンは自分のコンソールを操作し、声に出して読んだ。

「クリス・ウェイファー、三十四歳、テラ系、技術者、宇宙船エンジンの専門家、独身。母親はいない。数カ月前から、《ブルージェイ》乗員のアイリーン・デマンドンと親密な関係。父親は昆虫学者のエンモ・ウェイファー。わたしが息子の死を知らせにいったときに会えなかった父親がいたのを覚えてるでしょ。この人よ。それ以外に、クリス・ウェイファーについていえることはないわね」

「理屈としては、かれが犯人かもしれないんだ」テケナーはもう一度その情報を眺めた。「もし本当にサボタージュなら、かれ以外には考えられない。だが、おかしな話に聞こえるだろうが、かれが自殺しようとしていた可能性も捨てきれない」

「わたし、このクリス・ウェイファーについては、あまり詳しく調べなかったわ」ジェニファー・ティロンが打ち明けた。「でも、あなたの疑いを支持するようなヒントも、ひとつとして見つからなかった。死者について、もっと多くの情報が得られるとも思えない。まあ、父親からなにか聞けるかもしれないけど」

「正直にいうと、自殺やサボタージュという話が、個人的にはいまだに信じられない。

だがいずれにせよ、シントロンはそれを唯一の可能性だと考えている。だが、コンピュータもまちがうことがあるだろうし、まったく違うつながりが見つかるかもしれない。現場をもう一度自分の目で見ることにするよ。直接イトリク＝イイと話して、クリス・ウェイファーについても訊いてみたいし」

「わたしはここで作業をつづけるわ。あなたが得た資料にも、目を通しておきたいから」

「すべて自由に使ってくれ、ジェニー。だが、きみはこの不可解な事件を解く鍵になりそうな情報を、本当にひとつも見つけなかったのか？　さっき、おかしな点がどうとかいっていたよな」

「たいしたことじゃないわ、ロン。関係者のひとりが、今日は病欠すると連絡していたのに、それをとり消さずに現場にきていたの。きっと連絡するのを忘れたんでしょ。けがはしなかったみたい。名前はジャッキー・アンダーソン。それだけよ」

「確かに、たいした話じゃないな」

　ロナルド・テケナーは中央シントロニクスに、次の転送ステーションまで乗るためのグライダーをよこすよう命じた。だが、グライダーよりも先に訪問者がやってきて、音響シグナルが鳴り響いた。入口の監視カメラが捉えた訪問者の映像が、部屋にホログラムとして映し出された。

「このかかしさん、あなたの知り合い?」ジェニファー・ティロンがくすくす笑った。

「一回か二回、会ったことがある」スマイラーが真剣な表情で答えた。「エンモ・ウェイファー、亡くなったクリス・ウェイファーの父親だ」

「えっ!」ジェニファーは黙りこんだ。

3

エンモ・ウェイファーはまるで別の時代を生きているかのようだ。がりがりといえるほど、極端に痩《や》せている。ロナルド・テケナーとジェニファー・ティロンの前に立ち、上半身を前に傾けた。スマイラーはエンモ・ウェイファーの身長を百八十センチメートルと推測した。

はおっている長いマントには、あちこちにつぎはぎがある。つぎはぎのほとんどはさまざまなグラデーションの緑だったが、黄色や褐色も見えた。ズボンは見えない。長いマントの下には黒くて分厚いブーツが見えていた。土や泥で汚れている。

顔はやつれ、頬がこけていた。大きなかぎ鼻に眼鏡をのせ、そのレンズは、なにも見えないのではないかと思うほどくすんでいた。何度もまばたきをしながら、薄くなった髪を手でかき上げるが、そのたびに前髪が垂れてきて、眼鏡の上縁をおおった。

骨まで痩せた右手には、シリンダー状の容器を握っていた。昆虫の採集箱だ。昆虫学者の横で、一メートルほどの高さの金属が動いた。短い四本脚の上に真っ黒なシリンダーがあり、その上には、拳《こぶし》ほどの大きさのカラフルな球体がひとつ回転している。

テケナーはこれまでにも奇妙なロボットに遭遇してきたが、こんな形を見るのははじめてだった。

「なにもいわんでください！」エンモ・ウェイファーが落ち着きなく左手を振った。「わたしのこの姿に驚いたのでしょうが、仕事をするとき、わたしはいつもこうなのです。一種の迷彩でして。わかりますか？」

「もちろん」ロナルド・テケナーがつづけようとしたが、昆虫学者がさえぎった。

「なにもいわんでください！　クリスが死んだのは知っとります。お隣りさんが教えてくれたんで。話は聞きました。あんたらが、わたしを訪ねてきたことも」

頼りない見た目とは違って、エンモ・ウェイファーの話しぶりはしっかりしていて、説得力があった。ジェニファー・ティロンには、かれが唯一の息子の死をあっさりと受け入れたかのように思えた。

「残念なこととなり、申しわけない気持ちでいっぱいです」ジェニファーがいった。「それで息子さんが戻ってくるわけではありませんが、事故の原因はかならず突きとめますので」

「わたしは科学者です」エンモ・ウェイファーがいった。「生物学と昆虫学の。そのわたしにとって、死とは当然のこと。だがそれは、死が自然にもたらされたときにかぎる。

クリスはそうじゃなかった」

「不幸な出来ごとでした」ジェニファー・ティロンがなだめようとした。

「そうじゃないと」痩せた男がいった。「いうやつがいます。カッポ148です」

「申しわけありませんが」テケナーは今回も妻に話をつづけさせた。彼女のほうが、父親の気持ちをよく察することができると思ったからだ。「カッポ148という名をはじめて聞きました。そのカッポ148がどう考えているのかも知りません。教えていただけますか？」

「息子は殺されたんです！」昆虫学者の薄い唇がわなわなと震えた。ウェイファーの内なる緊張がはじめて外に出た瞬間だった。「カッポ148には、それが証明できる！こいつがカッポです」

横にいたシリンダー型のロボットを指さした。

「報告しろ！」と、ロボットに命じる。

それまでずっと点滅しながら回転しつづけていた頭部の球体がとまった。光るセンサーが、テケナーとジェニファーのほうを向いた。そしてカッポ148が柔らかく聞きやすい声で話しはじめた。とてもよく調整された声だ。その事実から、奇妙な見た目とは裏腹に、その内部には最先端のシントロニクスが組みこまれているのだろうと、テケナーは推測した。

「四日前、クリスに訪問者がありました。主人は眠っていましたが、わたしはその会話を聞きました。保存はしませんでしたが、その内容は完全に覚えています。訪問者はクリスに、アイリーン・デマンドンという女生との交際をただちに断つよう要求しました。クリスはそのことを文書で宣言するよう求められたのですが、拒絶しました。すると、訪問者はクリスに、三日だけ猶予を与えるといいました。三日たっても答えが変わらなかったら、クリスを殺すと」

「ひどい話だ」ロナルド・テケナーがいった。「その話を信じろというのか？　その謎の訪問者っていうのは、だれのことなんだ？」

「謎だとは、ひとこともいっておりません」小さなロボットが答えた。「造船所で《エプシロン》の組み立てを担当していたジャッキー・アンダーソンです」

ロナルド・テケナーとジェニファー・ティロンは一瞬目を合わせた。いまこの場で、あらたに生じた疑惑について話し合うのは適切ではない。

両者はエンモ・ウェイファーに礼をいい、事件の解明に全力をつくすと約束した。その代わりに、アンダーソンの件について、ほかのだれにも口外しないように求めた。もしかれが犯人の場合、疑われていることに気づけば、なにをしでかすかわからないからだ。昆虫学者はしぶしぶ去っていった。

「わたしは自分のことを賢いと思っていたが」ふたりきりになったとき、スマイラーは妻にいった。「シントロンの助けがなければ、名探偵にはなれそうにないね。さて、まったく新しい疑惑が浮かんできたぞ。ジャッキー・アンダーソンの病欠うんぬんという一見ちっぽけな問題に、あらたな側面が加わった」

「嫉妬？」ジェニファー・ティロンが首を横に振った。「嫉妬が理由の殺人で、無関係の四名を巻き添えにしたの？　そんなの、とても信じられないわ。それならまだサボタージュのほうが納得できる。ウェイファーの父親は頭が混乱しているのかも。息子の死の知らせを聞いて、怒りと復讐の気持ちから、カッポにアンダーソンの話をたたきこんだのかもしれない」

「それこそ証明のしようがない。それに、ウェイファーにはロボットをそんなふうにプログラミングする時間もなかったはずだ。だが、問題はそこじゃない。あの老人にそんなことをする理由があるのか？　かれがジャッキー・アンダーソンを嫌っているのかもしれないが、とにかく、そのアンダーソンとやらと話してみることにしよう。《エプシロン》の造船所にいけば会えるだろう。きみはここで、アンダーソンについて調査をつづけて、なにかわかったら教えてくれ！」

＊

命じておいたグライダーはすでに到着していたので、テケナーはすぐに出発した。

ウェイファーのバンガローは長さ二十メートルほどで、蹄鉄《ていてつ》のような形をしていた。マンダレーの北端にあるその家は、もとは四名を想定して建てられたものだが、入居したのは二名だった。エンモとクリスのウェイファー親子だ。ふたりは建物の左翼と右翼に別れて暮らしていた。

父と子は会話にも乏しく、どちらも自分の道を進んだ。それでもけんかをすることはなかった。両者の関心があまりにもかけ離れていたためだ。共用スペースやハウスロボットの利用でも、問題が生じたことはなかった。

クリス・ウェイファーは自由商人としての役割に没頭し、父はそれにまったく口出ししなかった。父の関心はフェニックスの昆虫だけに向けられていた。研究に没頭していたせいで、およそ五千名の惑星住民社会との接点を失ったが、エンモ・ウェイファーは気にしなかった。

その家は中央部分に入口があり、そこから入るといくつかの共用スペースがあった。今後はひとりで使うことになる。気むずかしい昆虫学者があらたな同居人を受け入れるとは思えなかった。

バンガローの中庭に面した壁には窓がなかったが、両翼のどちらからも中庭に入れるようになっている。だが、クリスは中庭を使ったことがなかった。入居してすぐ、父親が実験と研究のためにその場所を占拠したからだ。中庭のオープンな側から野生動物が入ってこないように、昆虫学者は低いフェンスを立てた。

フェニックスの動物たちは基本的に自由商人の生活圏を避けようとするのだが、エンモ・ウェイファーはさまざまなケースや容器、あるいは杭や柵で区画分けした中庭で飼育し、観察し、研究している昆虫が襲われるのを恐れていたのだ。森に出ていないかぎり、寝ている時間以外はいつもそこにいた。

ときには低いフェンス越しに、近隣の住民たちとおしゃべりをすることもあった。かれらはみな親切で、エンモの個性を受け入れていた。

その日、エンモ・ウェイファーは久しぶりに息子が住んでいたバンガローの左翼部分に入った。ゆっくりと三つの部屋を通過し、まるでなにかを探しているかのように、すべてをつぶさに観察した。しかし、手は触れなかった。最後にはハウスロボットに、再利用できるものを集めて、リサイクルにまわすよう命じた。それが終われば、次の入居者が見つかるまで部屋を閉鎖しておけ、と。

そして、自分の住む右翼に戻った。

「さあ、ひとりになったぞ」カッポ148がそばにいないとき、エンモ・ウェイファーはひとりごとをいうことが多かった。「ときどき、なにかが欠けているような気がするが、そんなことはないとも思う。年をとったな、エンモ！　いそがしくしておかないと、あっというまにさびついてしまうぞ」

リビングルームを通り抜けて、中庭に通じるドアを開ける。カッポ148がさまざまな昆虫に餌《えさ》を与えていた。命令されなくても定期的に餌やりをするように、カッポは前もってプログラムされているのである。

「このあらたに追加されたコビトアリにも餌を与えてよろしいのですか?」ロボットが主人にたずねた。

「だめだ、カッポ。この新発見種は調査が先だ。それによって、どの餌を与えるのがいいかを判断する」

「アリはアリです」カッポ148がいった。

「そんなに単純じゃない」昆虫学者がいった。「どれだけ優れたシントロニクスをもっていても、おまえにはわからんのだろうな。おまえがいった、あのジャッキー・アンダーソンの訪問の話は本当なんだろうな?」

「もちろんです、ご主人さま。ご存じのように、シントロニクスはうそがつけません」

エンモ・ウェイファーはなにもいわなかった。もう別のことを考えていたのだ。

区分けされた地面の一平方メートルにも満たない区画へ向かう。その中央には、ほかとは明らかに色が違う土が盛られていた。数日前、カッポ148にコビトアリを見つけた森の中の場所からそこへ運ばせていたのである。

しばらく無言のまま、その土くれの前に立ちつくした。思考がどうしても息子のクリスへと向かってしまうので、仕事に集中できない。カッポ148の言葉についても、考えずにはいられなかった。それがなにを意味しているのかは定かではなかったが、カッポの言葉を疑う気にはなれなかった。

アイリーン・デマンドンという名は、それまで聞いたことがなかった。珍しくいっしょに食事をしたときに、彼女ができたのでこんど連れてくるという話をクリスがしていたが、エンモ・ウェイファーはそれをすぐに忘れたのだった。それに、女性が家にやってきたこともない。名前も思い出せなかった。おそらく、クリスは名前をいわなかったのだろう。

昆虫学者は赤外線ランプをともし、盛り土にあるコビトアリの巣を照らした。しばらく待ち時間があるので、眼鏡を拭《ふ》くことにした。しかし、眼鏡を拭くための布は、眼鏡と同じぐらい汚れていた。いくら拭いてもきれいにならないので、カッポ148を呼ぶ。ロボットがわずか数秒で、眼鏡をきれいに磨いた。

ウェイファーはランプの熱に誘われて地面に出てきた小さな生き物を見るために、前のめりになった。大きさはそれぞれ一ミリメートル以下しかなく、顕微鏡を使ってはじめてアリとわかる。その小さなからだは、極小の紫色の点にしか見えない。六本の脚は、気むずかしい老人はもちろんのこと、ふつうの視力をもつ人でさえ、肉眼ではほぼ見えなかった。

「熱には、ほかのアリと同じように反応する」昆虫学者の言葉を録音機が記録した。のちにそのメモリーを自宅のシントロニクスに転送して、データの比較や分析を行なう。加えて、カッポ148にその小さなアリの写真も撮らせるつもりだった。

エンモ・ウェイファーのおもな関心は、みずからが行動研究と呼ぶものに向けられていた。データの多くはカッポ148に、映像データやほかの資料は自宅のシントロンに分析させる。しかし、特定の反応などの観察は、ハイテクの力を借りずに自分で行なった。

具体的に今回の例でいえば、昆虫学者がさまざまな周波数やエネルギー形態の放射線を当て、アリの反応を観察するのである。この段階が終われば、巣の外あるいは内側にさまざまな物資を置き、また反応を観察する。

第三の段階では、別種のアリも含めたほかの昆虫や小動物を利用する。そして最後に、コビトアリにとって有毒と考えられる物質をまく。ただし、毒を散布するのは、アリの巣の一画だけだ。

つづけて顕微鏡を使って調査を行なう。この段階は、シントロニクスとカッポ148とともに実施するのが習慣だった。

いまはまだ、さまざまなエネルギーで照射する最初の段階だ。今日は仕事がはかどらなかった。どうしてもクリスのことを考えてしまうからだ。

エンモ自身は、カッポ148の話が信じられなかった。カッポにも、何度もそういった。

あまりに突飛で、非論理的で、信じるに値いしないと。確かに、エンモ・ウェイファー自身も、ほかの自由商人とは考え方も興味の対象もまったく違う。だがそれでも、マンダレーに殺人を犯すような者がいるとは思えなかった。

ここにあるのは、団結心の強い小さな集団だ。エンモ・ウェイファーでさえ、その自由商人のメンバーとして認められている。自分の仕事がいつかコミュニティの役にたつ日がくることを望んでいる。ただし、本当にそんな日がやってくるのか、昆虫学者には自信がなかった。

調査をつづけ、見識を録音した。とはいえ、多くの成果は得られなかった。コビトアリの集団はごくふつうの反応を示した。いくつかの実験をしただけで、ほかのアリと同じような習性をもつことがすぐにわかった。心は何度もクリスのほうへとさまよっていったが、そのたびにコビトアリに意識を戻し、その行動を観察した。

そのうち夢や憧れの方向へ思考が発展していった。エンモ・ウェイファーはだれにもそれを悟られたくなかった。カッポ148にも知られたくなかった。

息子を失った。息子と本当の意味でいい親子関係が築けなかったことが悔やまれた。そのことに、息子が死んだいまになって気づいた。

なにかを変えるには遅すぎる。もう大人なのだからという理由で、あまりにも早く息子をひとり立ちさせ、昆虫にばかり関心を向けてしまった。

実際、クリスは非常に若くして独立した。自分の興味に目を向けるようになった。それが宇宙船の駆動システムで、エンモにはまったく理解のできない分野だった。

エンモ・ウェイファーは赤外線ランプを消した。すでに二千を超えるコビトアリが巣穴から外に出てきていた。別の光を当てるときがきた。

カッポ148はほかの仕事でいそがしそうにしていたので、痩せた老人はすべてをひとりで行なった。バンガローの外壁に設置したレールを使って別の機械を引き寄せ、それを紫色のコビトアリ集団の上に配置する。

まずは超短周波の電磁波。予想どおり、微小生物は動じなかった。電磁波の異常変動にも反応を示さない。なにごともなかったかのように巣づくりをつづけ、偵察を送りだし、送りだされた偵察要員はあっというまに戻ってきた。もといた場所のすぐそばで別の昆虫に遭遇したからだ。

偵察がもたらした混乱が集団全体に広がった。しかし、これもまた、エンモ・ウェイファーの目にはふつうの反応と映った。コビトアリは照射には反応しなかった。

昆虫学者は周波数を変え、短周波領域を試してみる。まだ反応がない。これも珍しいことではない。アリというものはだいたいそうだ。経験から、アリは周波数が四ギガへルツを超えるあたりから動揺しはじめる。この周波数以下なら、高エネルギーの放射線でさえ、平静を保つのがふつうだ。

昆虫学的に興味深いこの境界線をエンモ・ウェイファーは超えてみたが、コビトアリの行動に変化はあらわれなかった。まったくもって平然としている。なにも感じていないようだ。

昆虫学者はカッポ148を呼び寄せ、高感度センサーで放射線の強度を計測させた。ウェイファーはマイクロ波照射器に示されていた数字が信じられなかったのだ。だが、ロボットがそこに表示されている数字が正しいことを確認した。

昆虫学者は周波数を上げ、放射線量もすこしずつ増やした。十二ギガヘルツでさえ、コビトアリには変化を引き起こさなかった。マイクロ波を当てても、なにも変わらない。それが生み出す熱でさえ、平気で耐えた。

カッポ148が発言した。

「ご主人さま。先ほど眼鏡を拭きましたが、まだあまりよく見えてはいないようです」

「なにがいいたいんだ?」気むずかしい生物学者がロボットにいいかえした。「ばかなおしゃべりに付き合っとる暇はないぞ」

「重要ではないと思いますが、わたしはある些《さ》細《さい》な点に気づいたのです」点滅しながらまわる球をのせた黒いシリンダーが、わざと遠まわしにいった。主人の性格を知っていて、それに合わせているのだ。「ご主人さまはまだ気づいていないのかと思いましたものので。よけいなお世話でしたら、永遠に口を閉ざしますが」

「わたしの視力の低下をほのめかしたのは、あまり褒《ほ》められた態度ではない」

「そんなつもりはございませんでした。わたしは、完全な視力をもつテラナーでさえ、見落としただろうといいたかったのです。わたしは、ご主人さまを侮辱するようなことは決していたしません」

「ご主人さま!」エンモ・ウェイファーがまねた。「だれからそんな言葉を習いよった?」

「ご主人さま、あなたでございます! これは交換モジュールに保存されている基本プログラムでございます。一一四四年二月十一日に、ご主人さまがわたしに移植いたしました」

「わたしの物忘れがひどいといいたいのか?」

「めっそうもない、ご主人さま。わたしはただ、コビトアリの集団に起こった出来ごとを知っていただきたかっただけでございます」

「なにも起こっとらん。こいつらは高周波には耐性がある。この点ふつうのアリとは違うが、この〝アントゥス・フェニックス・ウェイファルス〟の特徴なんだろう。いまのは、わたしがつけた学名だ。それが結論だ。自然は驚きであふれとる」

「あなたのラテン語の知識は乏しいようです」カッポ148が主人に指摘した。「学生だったら落第するレベルでしょう。ですが、ラテン語の話は置いておきましょう。ところで、その〝アントゥス・フェニックス・ウェイファルス〟が支配生物であることにお気づきでしょうか？　あなたには見えていないのだと思いますが、そのアリは召使いを従えています。アリよりもはるかに小さいのですが、それらが重要な仕事のほとんどを行なっているようです。お待ちください！　あなたの視力と、その眼鏡という矯正器具だけでも、コビトアリが巣穴に戻っていくのは見えているかと存じます。ですが、従者は外に残っています」

「カッポがわたしを侮辱したいことだけはわかった。さっきからなんだ？　なにをいっとるんだ？　スイッチを切ってしまうぞ？」

小柄な黒いロボットはなにも答えなかった。上半身の上部からポジトロニクスで強化され、シントロニクスで制御される拡大フィールド、いわゆるエアロプラズマレンズが出てきた。そのエネルギー構造体をコビトアリの巣穴に近づける。

「なにが見えますか？」

「マイクロ波の照射にもかかわらず、アリたちは巣穴におる。それなのに全体が動いとる」

「なにが動いていますか？」カッポ148が問いかけた。

「アリよりも小さな生き物。よく見えん。〝アントゥス・フェニックス・ウェイファルス〟にはサポート集団がいて、それらがアリたちよりもさらに耐性が強いということか」

「まちがいです、ご主人さま！」

「その、ご主人さまというのをやめろ！」

「わかりました、ご主人さま！　あなたは混乱しているのです。その理由もわかります。息子のクリスを失った悲しみを認めたくないのです。あなたは自分に正直でないのです。それがあなたの行動や思考に影響しています。あなたは、これらコビトアリが真の支配者として、しもべや奉仕者、奴隷の上に君臨していることを認めたくないのでしょう。そして……」

「黙れ！　ああ、クリスの死はつらい。それは確かだ。だが、仕事には影響しとらん」

「影響して当然ではないでしょうか。それが人間というものでは？　〝アントゥス・フェニックス・ウェイファルス〟の巣穴のなかに別の集団が生きていることを、そして、コビトアリよりも小さな生き物であるその集団が、おそらく奉仕者として生息していて、あなたのマイクロ波照射によって外におびきだされたことを、記録なさいますか？」

エンモ・ウェイファーはなにも答えなかった。つぎはぎだらけのマントを脱いで、ずれていた眼鏡をもとに戻した。

「なにがおるんだ？」昆虫学者はつぶやいた。

カッポ148が拡大率を調整する。

「コビトアリはいなくなったが、もっと小さなものがうごめいとる。〝ウェイファルス・ミノール〟と名づけよう。アリのしもべたち。アリの家畜、ロボット」

「お気を確かに、ご主人さま」カッポ148がいった。コビトアリ」「まだクリスの死を処理しきれていないのです。むりもありません。仕事をすることで問題を忘れようとしているのでしょうが、それは不可能です。一度、休んでください！　しっかりしてください、ご主人さま！」

エンモ・ウェイファーは顔を上げた。しばらく茫然としてから、またルーペに視線を落とす。

「アリ塚のなかに別の集団がおる」つぶやきつづけた。「よく見えんが、確かにおる。マイクロ波が巣からおびきだした。生物学的には大発見だ。なにしろ、昆虫を追いはらいこそすれ、おびき寄せることは絶対にない周波数領域の話なのだから。この放射線は危険だが、射程距離は短い。すべての生き物が隠れなければならん。〝アントゥス・フェニックス・ウェイファルス〟も例外ではない」

「ギガヘルツの照射はもっと早くやめたほうがよかったようですね」カッポ148はいささか当てつけがましくいった。そのような態度はカッポ148には似合わないが、悲しみに暮れるエンモ・ウェイファーはその態度に気づかなかった。

「なんでだ?」精気のない声でたずねる。

「コビトアリのミニしもべたちが死んだからですよ。照射にやられたのです!」

エンモ・ウェイファーは眼鏡を鼻からおろした。もうカッポ148のぼやけた輪郭しか見えない。理性はブロックされていた。クリスの死を心から締め出そうとしてきたが、できなかった。仕事に没頭して気を紛らせようとしたが、うまくいかなかった。コビトアリの実験も中途半端《はんぱ》に終わってしまった。

突然、孤独を感じた。だが、それを悟られたくなかった。弱った姿を見られたくなかった。興味の対象に、昆虫に、惑星フェニックスのアリに、没頭したかった。

〝アントゥス・フェニックス・ウェイファルス〟に使役《しえき》していた小さな生物は極端な短波放射の影響下で死んだ。死んだのはおそらく、地表に出ていた個体だけだろう。わずか数ミリメートル先ではマイクロ波は完全に吸収されるからだ。

だがそれは、慰めにはならなかった。エンモはわずか数分のうちに、何百もの命を奪った。不注意から? 学術的な関心から? それとも、不可解な陰謀の犠牲になったクリスを想い、心が痛んだから?

エンモ・ウェイファーは眼鏡をかけなおしてから、エアロプラズマレンズの位置を調整した。そしてアリの巣に目を向ける。数匹のコビトアリが働いていたが、微小な召使いたちは崩壊していた。それらはもはや存在しなかった。

「ジャッキー・アンダーソンがクリス・ウェイファーを殺しました」カッポ148がいった。「あなたは〝アントゥス・フェニックス・ウェイファルス〟のペットたちを殺しました」

「うるさい！」痩せ細った昆虫学者が叫んだ。その両手は震えていた。この日が早く終わり、自分がなにかやさしいもの、温かいものに包まれることを願った。

だが、そうはならなかった。

すさまじい轟音が響き、猛烈な衝撃がかれとカッポ148を襲った。

エンモ・ウェイファーは空に投げ出された。燃え上がる炎を視線が捉えた。蹄鉄形のバンガローの一部が吹き飛ぶのが見えた。

そして壁にぶつかり気を失った。

4

イトリク＝イイがまだ完全には状況を把握していないことにロナルド・テケナーは気づいた。《エプシロン》建造のプロジェクト・リーダーは、今回の出来ごとで受けたショックをいまだ克服できずにいる。五名の死が重くのしかかっていた。そのうえ、十八名の負傷者のなかには、いまも生死の境をさまよっている者もいるのだ。

スマイラーは努めて冷静に事故現場を見てまわった。同時に警戒も怠らなかったが、それも表には出さなかった。病欠に関するちょっとした矛盾とエンモ・ウェイファーのロボットの主張、このふたつだけが唯一の手がかりだ。

加えて、みずから調べたいことがいくつかあった。爆発現場の検証もそうだが、それだけではない。むしろ、クリス・ウェイファーとともにプラットフォームに乗っていたロボット、そして爆発となんらかの形で関係しているにちがいない中枢マトリックス回路の残骸が気がかりだった。

ジャッキー・アンダーソンにはまだ会っていない。イトリク＝イイが調査委員会のメンバーに選んだため、アンダーソンはどこか近くにいるはずだ。テケナーはアンダーソンのことを個人的には知らなかった。

爆発の直後に《エプシロン》の造船ホール前のロビーに集まっていた自由商人のなかに含まれていたはずだが、その全員と言葉を交わす余裕があったわけではない。適切な機会があれば、組み立てを担当していたというアンダーソンに声をかけるつもりだった。

未完成の宇宙船は、スマイラーにはさびしそうに見えた。命のない物体にもかかわらず、なぜか感情をくすぐった。

たくさんの男女が途方に暮れた表情で立ちつくしている。

テケナーは、自分が六つの造船所すべてに対して作業の中断を命じたことがその原因であることに気づいた。ただし、その決断を後悔してはいなかった。なによりも、労働者の安全を確保することが最優先だ。

テケナーはそれとなく、イトリク＝イイを造船ホールに隣接する部屋に誘導した。ブルー族のイトリク＝イイはほっとため息を漏らす。その理由を自分で説明した。

「きてくれて助かりました。こうして、だれにもじゃまされずに話したかったのです。サボタージュの噂が立っているんですよ、テケナー。わたしはいまだに信じられないのですが、すべての状況証拠がサボタージュを指していて、今回の出来ごとには、ほかに合理的な説明が見つからないのです」

「きみを否定するつもりはない」ロナルド・テケナーはプロジェクト・リーダーにすわるよう勧めた。ブルー族は感謝の言葉を述べ、腰をおろした。「すこしたずねたいことがあるんだ。おかしな質問だと思うかもしれないが、気にしないでくれ」

「なんでしょうか？」

「いくつかあるんだが、まずはクリス・ウェイファー。かれのことをどう思う？　なにを知っている？　あれが故意の攻撃だったとして、きみはウェイファーがその背後にあると思うか？」

「ロナルド・テケナー！」《エプシロン》のプロジェクト・リーダーは立ち上がって、テーブルをたたいた。「まさか、かれを疑っているのですか。クリス・ウェイファーはじつに忠実で信頼できるメンバーでした。優れた技術者で、プロちゅうのプロ。人格も申し分なかった。要するに、クリスは非の打ちどころのない人物だったということです。かれの死は、われわれ全員にとって大きな損失です。あなたが建造の再開を決断したら、だれをクリスの代わりにすればいいのか、そのことを考えるとわたしは……」

「そんなに興奮しなくてもいい」ロナルド・テケナーがブルー族の男をなだめた。「わたしは事実確認がしたいだけだ。わかってくれ。クリスは申し分のない男だったと思うのなら、そういってくれるだけでいい。もうひとつ。クリスに自殺願望がある印象を受けたことは？」

「まったくありません！」イトリク＝イイはきっぱりといいはなった。

「では、質問を変えよう。きみの最初のレポートは、クリス・ウェイファーがおもに担当していた中枢マトリックスが、あの爆発と関連していることを示唆《しさ》している。すべてのデータがそこに集まってくるからだ。より正確には、すべてのデータがそのマトリックスを経由するはずだった。そこにはテストの中止命令も含まれている。で、そのマトリックスはどうなった？」

「なにも残っていません」プロジェクト・リーダーは立ち上がり、棚から焼け焦《こ》げた瓦《が》礫《れき》をとりだした。テケナーはそれが金属とプラスティックでできていることはわかったが、もとの形状などは想像すらできなかった。「これが残骸です」

「調査はしたのか？」

「調べようがありませんよ」ブルー族がいった。

「そうとはかぎらない。これをマンダレーにいるイホ・トロトのもとに送ってくれ。あのハルト人にならば、これを徹底的に分析する手段があるはずだ。わたしが頼んでみる。なにか見つかるかもしれない」

イトリク＝イイの表情から、かれがいまの命令を正しく実行はするが、その結果にはあまり期待していないことがわかった。

「このマトリックスはどこで製造されたものだ？」テケナーがつづけた。

「ここ、フェニックスです」プロジェクト・リーダーはあばた顔のテラナーの質問に驚いたようだ。「セルヴァ河沿いにあるロボットが働く工場です」

「アトランがいる場所か」ロナルド・テケナーはつぶやいた。「調べてもらおう」

「なにをですか？」イトリク＝イイがたずねた。

「いまも、これまでも、すべてが正しく製造されているのかを、だ。新しい情報が得られるとは思えないがね。これまでのところ、クリス・ウェイファーのいたプラットフォームでなんらかの異状が発生したと考えざるをえない。したがって、われわれはプラットフォーム周辺のあらゆる痕跡を探しながら、ウェイファーに注目する必要がある。そこでもう一点、レポートではほとんど触れられていない点がある。ウェイファーの横にいた作業ロボットのことだ」

「なるほど」そういってイトリク＝イイは壁の写真を指さした。ローラーと衝撃フィールド、そして数多くの技術ツールを装備した箱型ロボットの写真だ。「あれと同じ組み立てロボットです。タイプＡＭ－５５。汎用組み立てロボットにはＡＭのコードが付けられます。ウェイファーが使っていたのはナンバー６－２１でした。レポートにも記しましたが、６－２１は大破しました。主要メモリーも完全に破壊されましたが、副メモリーのふたつかみっつは無傷のままです。ですが、そこには《エプシロン》の建造やテストについてのデータは入っていませんでしたので、詳しくは調査しませんでした」

「それでも、メモリーの中身について教えてもらいたいんだが」

「では、向こうのプログラム・キャビンへまいりましょう」

両者は部屋を出て、造船ホールを横切った。そして、ありとあらゆるシントロニクス装置で満たされた作業室に入った。イトリク＝イイがそこにいた女性アシスタントにいくつかの指示を与える。

「メモリー1と3は空です」しばらくしてテラナーの女性がいった。「メモリー2にはこれが保存されていました」スクリーンを指さした。

それは映像記録だった。映像に、撮影日時を示すデータが重ねられている。

「事故の直前だ！」イトリク＝イイが色めき立った。「なぜそんなことが？」

「本来保存されるはずだったメモリーが使えなかったので」アシスタントがコメントした。「システムがこのメモリーに回避したのかもしれません」

映像には、宇宙船の外壁付近にいるロボットのそばに立ち、いくつかのツールを使って作業しているスリムなブロンドの男性が映っていた。男が横を向くと、顔がカメラの正面にきた。ブルー族がつぶやく。

「組み立て主任だ。ジャッキー・アンダーソンという男です」

「聞いたことのない名だ」ロナルド・テケナーは興奮を悟られないよう努めた。ついに有力な手がかりを見つけたのだろうか？　爆発直後、ロビーに集まっていた集団のなかに、アンダーソンの顔を見た気がする。

映像が消える直前、作業ロボットが残したと考えられるコメントが文章として記録されていた。〝今日アンダーソンは病欠を申し出ていたのにここいる。ウェイファーはそのことを知るべきだ。ウェイファーにこの……〟

テキストはそこで終わっていた。映像は暗転した。

「このメモリーに残っていたのはこれだけです」アシスタントがいった。「この直後に最初の爆発が起こったにちがいありません」

ロナルド・テケナーはアシスタントの女性が部屋を出るのを待ってから、イトリク＝イイに向きなおった。

「ジャッキー・アンダーソンについて」話しはじめた。「なにを知っている？」

「すでに申しましたように、組み立て主任です。わたしのチームのなかでも、もっとも重要なメンバーに数えられます。誠実で、実行力があって、すばらしい男です。数週間か数カ月前にプライベートな問題を抱えていたようですが。というのも、交際相手と別れたのです。ふられたらしいのですが、それが仕事に影響することはありませんでした」

「別れた理由は？」テケナーがたずねた。

「知りません」

「ほかの男になびいたとか？　その女性の名は？」

ブルー族の男はうろたえた。首を震わせ、皿頭を揺らしている。そして、前眼でロナルド・テケナーをじっと見つめた。スマイラーは黙って待った。

「あなたの質問は特定の結論へ向かっています、ロナルド・テケナー」まるで、拒絶するかのような口調だ。「あなたはわたしの部下のなかに犯人がいると疑っています。わたしはそれが気に入らない」

「たとえそうだとしても、きみには関係のないことだ。この調査を指揮しているのは、わたしなのだから」スマイラーは冷静に応じた。「どうか、わたしの質問にありのまま答えてくれ」

「もちろんです、テケナー。ですが、ジャッキー・アンダーソンがふられた理由は知りません。その女性が別の相手を見つけたのかもわかりません。ここで暮らし、働いている自由商人たちが、プライベートなことに多くの時間を割《さ》けるとも思えません。ですが、その女性の名前は聞いたことがあります。確か、デマンドとか、そんな名前だったと思いますが、はっきりとは覚えていません」

「わたしが疑り深いという点は、きみのいうとおりだ、イトリク＝イイ。あらゆる痕跡を追う必要があるからな。きみの意見を聞かせてくれ。だれがこの事故を起こしたと思う？」

「わかりません。クリス・ウェイファーは中枢マトリックスを担当していました。それは確かです。ですが、かれはクリーンです。怪しい部分はありません。この首をかけてもいい！」

　スマイラーはイトリク＝イイの覚悟を理解した。それでも、追及をやめなかった。

「ジャッキー・アンダーソンとはどんな人物だ？」

「直接話してはどうですか」イトリク＝イイが答えた。「ほら、きましたよ」

　テケナーは振り返った。古びた作業着を着たスリムなブロンド男性がドアを開けていた。ひょろっとしているが、力はありそうだ。淡い青の瞳には鋭さが宿っている。とても落ち着いて見えた。三十五歳ぐらい、最高でも四十歳を超えないだろう。ドアの枠に寄りかかった。

「わたしがジャッキー・アンダーソンです」その男はいった。テケナーは爆発直後の集団のなかにその男を見たのを思い出したが、それ以上の記憶はなかった。「会話の最後の部分を聞いてしまいまして。わたしがどんな人間か知りたいのですよね？　自分で説明しますよ。わたしは自由商人で、組織のために働いています。それだけです」

　ロナルド・テケナーは探偵役を演じるのを心苦しく感じたが、それでもここでブレるつもりはなかった。

「アイリーン・デマンドンを知っているか？」

「もちろん」ジャッキー・アンダーソンはとても落ち着いていた。「仲良しですから。アイリーンは《ブルージェイ》にいるので、三カ月前からフェニックスにはいません。なぜあなたがそのような質問をするのかはわかりませんが、隠す理由もありませんので正直に話しますと、わたしたちの親密な関係はもう終わりました。アイリーンが別の男性を見つけたのです」

「クリス・ウェイファー」

「はい。そのとおりです」ジャッキー・アンダーソンはいまだに非常に冷静だった。不自然なまでに。「そのことは、ここのみんなが知っていますよ。でも、自由商人のボスであるあなたに、これだけはいわせてください」アンダーソンの口調に突然エネルギーが満ちた。「わたしはあの事故とは関係がありませんし、アイリーンにももう興味がありません。この宇宙のどこかに壁があるんですよ。クロノパルスと呼ばれる壁が。その壁のせいでわたしは故郷に帰れない。わたしは……」

「アイリーン・デマンドンはいずれ戻ってくる」ロナルド・テケナーが話をさえぎった。「彼女はクリス・ウェイファーが死んだことを知らない。そのうち、その事実を聞くことになるだろう。ジャッキー・アンダーソン、いざそうなったとき、きみはどうするつもりだ？」

「わたしは愚か者ではありません。ロナルド・テケナー」男は拳を握りしめた。「クリス・ウェイファーの死にわたしが関係していると疑っているのでしょう。そして、アイリーン・デマンドンがその理由だと」

「そう主張する者がいる」スマイラーは答えた。

「だれですか？」

「カッポ148というロボットだ。クリス・ウェイファーの父親が使っている」

ジャッキー・アンダーソンは視線でイトリク＝イイに助けを求めた。

「ばかばかしい」ぎこちなくつぶやきながら、言葉を探した。「理不尽だ。カッポ148なんてロボットも、クリスの父親も知らない。五名も死者が出て、わたしが疑われている！　とんでもない話だ」

「だれもそうはいってない」ブルー族がなだめようとした。

「爆発があった日、きみは休むと通達していた」ロナルド・テケナーがつづけた。「なのに、フィールド・エンジンの実験には立ち会っていた。これはどういうことか？」

「簡単な話です。元気になったんですよ。ドクター・ハルバートの診察を受けたのです。そのあと、病欠申請をとり消す時間がなかっただけの話です。時間どおりに造船所にいることのほうが、重要だと思いましたから」

「かれのいうとおりです」あせったようすでイトリク＝イイが口をはさんだ。「ジャッキーを疑うのはまちがっています」

「なにかがおかしい」ロナルド・テケナーは立ち上がった。「だれもきみを犯人だと決めつけていない。すべてが不透明だ。きみはいままでどおり自由に活動してもらってかまわない。ただ、きみを特別な監視下に置くことになるが、その点は理解してもらいたい。全自由商人の安全のための措置だ」

「つまり、わたしを疑っている」ブロンドの男は身を震わせた。「いまのわれわれの状況では、個人の運命なんてどうでもいいことなのでしょうね。特に嫉妬に狂った犯人と疑われる個人の運命などは」

「そんなことはいっていない」ロナルド・テケナーが断固として反論した。

「いってはいない。でも考えた！」ついに組み立て主任が感情をむきだしにした。「本当のことをいいますよ。わたしはあの事故とは関係ない。クリス・ウェイファーを殺していない。信じてください」

「かならず真相を究明する」テケナーが約束した。「それまでは、きみが心配する理由なんてない」

「知ってますよ」ジャッキー・アンダーソンがあからさまに皮肉をこめていった。「祖父もよくいっていました。〝群衆のなか、真実の松明《たいまつ》を運ぶのはほぼ不可能だ。かならずだれかの髭《ひげ》を燃やしてしまう〟と。祖父がその言葉をどこで学んだのかはわかりません。ですが、だれかがわたしを犯人に仕立てようとしているのでしょう。わたしという真実によって髭が燃やされるだれかが」

イトリク＝イイがスマイラーの右腕をつかんでアンダーソンから遠ざけ、部屋の隅にいざなった。

「わたしにはもうなにがなんだか」ブルー族の男はまくし立てた。「テケナー！　ジャッキーをそっとしておいてやってください！　かれもクリスやほかの自由商人と同じで、クリーンな男です。事故の原因が本当にサボタージュだったとしても、わたしどもではありません」

「なら、だれなんだ？」

その問いに対しては、イトリク＝イイにも答えがなかった。

ジャッキー・アンダーソンに対する疑いは晴れなかった。そのことに、本人も気づいていた。次の言葉がなによりの証拠だ。

「お望みなら、クリス・ウェイファーとアイリーン・デマンドンとわたしに関するすべてをお話しします。まあ、そんなことに意味があるとは思いませんが。ですが、われわれの関係は《エプシロン》で起こった出来ごととは関係ありません」

「わたしはマンダレーに戻る」ロナルド・テケナーがいった。「だが、今回がきみとの最後の会話になるとは思わないでくれ」

不満そうな表情のジャッキー・アンダーソンの視線を背中に受けながら、テケナーはその場を去った。真実を突きとめるという、揺るぎない決意をあらたにする。そして、次になにをすべきかも、すでにわかっていた。

5

ロナルド・テケナーはマンダレーに通じる転送ステーションに向かいながら、アトラン、イホ・トロト、ジェニファー・ティロンの三名の仲間に連絡を入れ、手短かにこれまでの二時間で明らかになった事柄を告げてから、携帯していた小型シントロニクスを使って、重要なデータを共有した。ジェニファーにはロワ・ダントンへの連絡を頼んだ。つづけて、アトランとイホ・トロトにマトリックス回路の調査を依頼する。両者は依頼を快く受け入れた。

するとジェニファー・ティロンがこういった。

「ロン！　ここで、おかしなことがふたつ起こったの。死亡したクリス・ウェイファーの住居の半分が爆発で吹っ飛んだの。救助隊が父親のエンモ・ウェイファーを見つけたんだけど、爆発に巻きこまれて生きているのが不思議なぐらいよ」

「その爆発は、クリス・ウェイファーの死と関係しているのか？」テケナーがたずねた。

「わからないけど、いやな予感がするわ。でも、それだけじゃないの。短時間だけど、マンダレーでエネルギーの供給がストップして。なんらかの障害があったらしいけど、原因はわからない。いまはバックアップシステムが起動しているけど、これも正常には機能していないみたい。とにかく、なにかがおかし……」

声が途切れて、テケナーの前腕部にある小さなスクリーンが消えた。その代わりに次の文字列が点滅をくりかえした。

「接続不能」

テケナーは接続の回復を試みるが、どうしてもうまくいかない。悪い予感が広がっていく。

フェニックスの宇宙港と首都マンダレーをつなぐ転送ステーションまであと数メートル。ロナルド・テケナーは知らず知らずのうちに早足になっていた。

ジェニファーはなんといった？ ウェイファーの家が爆発して焼失した？ そんなの、めったにあることではない。エネルギーがとまった？ ありえない。そしていま、遠隔通信が途切れた。これも考えられない事態だ。明らかに、なにかがおかしい。

とにかく、いますぐにマンダレーに戻って、なにが起きているのかを確認する必要がある。

そう考えながら転送機に入り、シントロニクスに口頭でマンダレーの中央ステーションへの転送を命じた。考えにふけっていたので、自動装置が命令を復唱しなかったことに気づかなかった。

音もなく、転送フィールドが展開された。

「そこを離れて！」叫び声が聞こえた。

テケナーはすぐに反応した。その叫びが自分に向けられていたのが明らかだったからだ。転送プラットフォームから飛びおりると、二名の興奮したようすの自由商人がいた。近くで立てつづけに爆発が起こった。テケナーは爆風に吹き飛ばされ、壁にぶつかる。そして床に落ちた。

数秒のあいだ、目の前には星しか見えなかったが、力強い手にからだを抱えられて、助け起こされた。爆発はやんだようだ。目と喉にしみる煙が部屋を満たしていた。

ロナルド・テケナーはあたりを見まわした。横に二名の男性がいる。宇宙港のスタッフだ。その二名がテケナーを支えながら、けががないかを調べた。かれが使おうとしていた転送機は跡形もなくなっていた。

「なにが起こった？」思わずそう口走っていた。

「おけががなくてよかったです」片方の自由商人がいった。

「転送機が故障していたのです」もう一方がいった。「たまたま気づいたのですが、制御シグナルが異常を示していたのに転送機が停止しなかったので、わたしが叫んでお伝えしました」

「ありがとう」スマイラーはいい、いくぶんか混乱したようすで被害状況を確認した。転送プラットフォームにとどまっていたら、ありえない場所へ転送されたか、爆発に巻きこまれていただろう。いずれにせよ、命を落としていたかもしれない。

今回の出来ごとは、造船所での《エプシロン》の爆発と共通する部分が多い。そこでも、自動で作動するはずの警報も中断システムも機能しなかった。なにか関連があるのだろうか？

そのとき、警報が鳴りはじめた。しかし、スピーカーから聞こえるアナウンスから、転送機の爆発に対する警報ではないことがわかった。宇宙港の地下構内のどこかで、空調システムから有毒ガスが流出し、ホールや通路に広がったのだ。それなのに、自動制御されているはずの保安ハッチが動かなかった。

ロナルド・テケナーにはわけがわからなかった。

無線機から声が聞こえてきた。ジェニファー・ティロンだ。

「さっき、話の途中だったけど」妻がいった。「マンダレーの通信中継器に不具合があったみたい。どうしてこんなことが連続で起こるのかしら。おかしいと思わない？」

「それどころじゃない、ジェニー。あやうく故障した転送機を使ってしまうところだった。爆発に巻きこまれて、いっしょに吹っ飛ぶところだった。きみはいま、本部にいるんだな。なら、警報を発動してくれ。主要メンバーは全員いますぐセランを着用すること。宇宙船は安全な間隔を確保し、必要なら、いくつかを軌道へ退避させるんだ。転送機をはじめとした重要システムについては、異常がないか確認して、監視をつづけてくれ。わたしもできるだけ早くマンダレーに戻る。ロワ、アトラン、イホ・トロトを集めておいてくれ。緊急会議を招集する。かなり厄介な問題が進行しているようだ。この異常事態の連鎖は決して偶然ではない。造船所での《エプシロン》の事故ははじまりにすぎなかった」

「了解、ロン」ジェニファー・ティロンは細胞活性装置保持者特有の経験に裏打ちされた落ち着きをもって答えた。「ここへはどうやって？」

「《ソロン》からグライダーを呼び寄せるよ。いまの段階では、そのほうが転送機よりも信頼できる」

妻はその案に納得した。テケナーは通信を切った。それまでの時間を使って、テケナーを救った二名の自由商人が宇宙港の管制センターに異常事態の発生を告げていた。救助隊が向かってきていた。当分のあいだ、すべての転送機の使用が禁止された。《ソロン》へも連絡が届いた。

そして数分後、スマイラーはグライダーを使ってマンダレーへと向かっていた。宇宙港、造船所、マンダレー、セルヴァ河沿いの工場と連絡を密にとり合う。悪い知らせはまだつづくと覚悟していたが、いまのところはなにも起こらなかった。

＊

緊急会議は一時間弱で終わった。危機的な事態が生じていることは明らかだったが、詳しいことはだれにもわからなかった。論理的にも、確率的にも、今回のような異常事態が偶然で連続することはありえない。この点では、ロナルド・テケナー、ロワ・ダントン、アトラン、イホ・トロト、ジェニファー・ティロン、そして同席していた六名の科学者たちの意見が一致していた。

会議をしているあいだ、新しい事故は起こらなかった。それどころか、詳細な調査の結果、ロナルド・テケナーが使おうとしていた転送機だけが故障していて、ほかの転送機には異常が見つからなかった。

ハルト人は《エプシロン》の造船所から焼け焦げたマトリックス回路を受けとっていたが、調査する時間がなかった。アトランは惑星ブガクリスで消息不明のバス＝テトのイルナのことを案じているのだろう、すこし動揺しているように見えたが、パルス・コンヴァーターの製造作業の継続を訴えた。

自由商人のリーダーたちがとった安全策に対して、全員が理解を示したわけではなく、大げさだと考える者もいた。特に、ほかの六隻の宇宙船とともに軌道への退避が命じられた《ラクリマルム》と《モノセロス》の船長たちは、快適な地下宇宙港を離れるのはばかげていると主張した。しかし、全体の指揮をとるロナルド・テケナーとロワ・ダントンはその声に耳を貸さなかった。

宇宙港に対しては、基本的に隔離措置を講じ、個々のセクターを可能なかぎり封鎖した。これも快適さを犠牲にしたので、理解を示す者はすくなかった。なぜなら、〝敵〟と、呼べる何者かが存在する証拠が、たったひとつも見つかっていないからだ。

会議の終わりに、イホ・トロトが小さな驚きをもたらした。ボニン大陸の地図を壁に投影し、これまでの事故が起こった場所を光の点でマーキングしたのだ。

「この縮尺では光点がかなり近くに集まってしまうので」ハルト人は説明した。「わかりやすくはないかもしれないが、ごらんのとおり、セルヴァ河領域はこれまで無事なのだ」

次に、造船所やそのほかの製造施設なども含めた宇宙港全体のレイアウト図を示し、その横にマンダレーの地図を並べた。

「まずは宇宙港」ハルト人はなんらかの異常事態が起こった場所を、ふたたび光の点でマーキングした。「《エプシロン》の造船所、転送ステーション、そして有毒ガスが流出した場所。よく見てくれ。宇宙港領域は八キロメートルかける八キロメートルの広さで七層構造になっている。しかし、三つの事故のすべてが、同じ層の一キロメートル四方の範囲内で起きているのだ。これは偶然ではない。まだまだあるぞ」

イホ・トロトはポインターをマンダレーの地図に向けた。

「ここはエンモ・ウェイファーの自宅。爆発があった現場だ」マーキングが光った。

「そこから五十メートルも離れていない場所に、エネルギー供給の主要施設がある。逆方向に三十メートルもいけば、通信障害の原因になった中継タワーがある」

つまり、時間だけでなく空間的にも連鎖が生じていたのである。しかし、それがなにを意味しているのかは、まだわからなかった。

「このふたつの場所のあいだにはつながりがある」イホ・トロトがつづけた。「その意味についてはわたしもまだわからないのだが、マンダレーではウェイファーの自宅が、宇宙港では《エプシロン》の造船所が事故の中心にある。そして、この両地点をクリス・ウェイファーは連日のようにいったりきたりしていた。この点になにかが隠されている。この疑問に、われわれは答えを見つけなければならない。それができなければ、危機を特定し、拡大を防ぐことは不可能だ」

警戒を怠ることなく現状の措置を維持するという結論で、会議はお開きとなった。アトランはパルス・コンヴァーターの作業に戻り、ロワ・ダントンとジェニファー・ティロンはマンダレーの本部にとどまった。さまざまな謎解きは、ロナルド・テケナーとイホ・トロトがおもに担当することになった。

スマイラーの次のターゲットは、昆虫学者エンモ・ウェイファーだ。

*

短時間の治療を受けたあと、エンモ・ウェイファーは医療センターから解放された。そして自宅の前に立ちつくす。その片翼は完全に破壊されていた。いまだに救助隊が活動をつづけていて、自由商人のリーダーたちの命を受けて、二名の専門家が鑑識作業に精を出していた。

昆虫学者にとっていちばんの心配は、中庭の昆虫たちだった。幸いにも、そこは被害がすくなかった。古くからともに活動してきたアシスタントのカッポ148も無傷だった。しかし、家の左翼の片づけを命じてあったハウスロボットはどこにも見つからなかった。爆発があった場所の近くにいたと考えられる。

その点について、エンモ・ウェイファーが、本来は《ヘラクレス》のクルーであるヴィック・マイナーという高齢のテラナーに話したところ、マイナーは真剣な顔でこう答えた。

「あなたのロボットは爆心地の近くにいたのではありませんよ。ロボットこそが爆心地、すべての原因です。ここで見つかった証拠から、まちがいありません」

「ロボットが爆発して火災を起こしたというのか?」エンモ・ウェイファーが激しく首を横に振ると、髪がくしゃくしゃになった。「部屋には燃えやすいものなんてほとんどなかったというのに」

「ハウスロボットの体内にも爆発物なんてありません」ヴィック・マイナーが応じた。

「なのに爆発した。ロボットがみずから体内に爆発物を生成したのでしょう」

「わたしはしがない昆虫学者だが」爆発でレンズの一枚を失った眼鏡をかけたままの痩せた男がいった。「ハウスロボットにそんな性能がないことぐらいは知っておる」

「だが、ここにいたハウスロボットにはできた」《ヘラクレス》の乗員はゆずらなかった。「だれかから習ったのでしょう。あなた、ロボットになにをしたんです？」

「わたしが？」エンモ・ウェイファーが声を荒らげた。「わたしはロボットの改造なんてせん」

「なら、あなたの息子のクリスは？　わたしとて、あなたがたを疑いたくはないのですが、答えてもらいますよ。息子さんは優れた技術者だった。ロボットの改造ぐらい、お手のものだったでしょう」

「なんのためにそんなことを？」エンモ・ウェイファーは質問に質問で答えた。「造船所の爆発でも、息子が疑われていると聞いた。まったく、ばかげとる。見当ちがいもはなはだしい」

「そうかもしれません」ヴィック・マイナーはそれ以上なにもいわずに、仲間のほうへ戻っていった。

蹄鉄の開いた部分にあったフェンスに、爆発で穴があいていた。エンモ・ウェイファーはそこを通って中庭に入った。カッポ148がすでに、ある程度の片づけをすませていた。

昆虫学者はゆっくりとした足どりで昆虫ケースや区分けされた地面を横切る。そしてかなりの時間がたってようやく、だれかにあとをつけられていることに気づいた。そのブロンドの短い髪の男をどこかで見たことがあるような気がするが、ウェイファーは思い出せなかった。たぶん、人ちがいだろう。

「あなたがクリスの父親ですね」ブロンドの男がいった。「おそらくご存じないと思いますが、わたしはジャッキー・アンダーソンといいます。造船所で働いていまして、そこでクリスと……」

「黙れ！」老人が叫んだ。「そんな話は聞きたくない。これ以上わたしを苦しめるな。黙ってくれ！」

「いいえ」組み立て主任が反論した。「黙りません。わたしに対して、恐ろしい告発がなされました。あなたのカッポ148が、わたしがクリスを殺すと脅したと証言したそうですね。しかし、そんなのはうそだ。この点、はっきりとさせておく必要がある」

「まあ、そんなに興奮せんでくれ」意外なことに、エンモ・ウェイファーの口調が突然穏やかになった。「確かにカッポ148はそういったが、わたしでさえ信じとらんのだ」

「そこが問題なのではありません。ロナルド・テケナーが信じるかもしれない」

「まあこの老人の話を聞いとくれ。あのあともいろんなことが起きた。クリスは死んだ。なにをしても、息子がよみがえることはない。クリスが住んでいた家も爆発で飛び散ってしまった。ほら、見てみろ！　瓦礫しか残っとらん。わたしもあやうく死ぬところだった。わたしは戦士でもなければ、犯罪者でもない。ただの生物学者だ。もっと正確にいえば、昆虫にしか興味がない。そのわたしにさえ、はっきりとわかる。これはもっと、組織的ななにかだ」

ジャッキー・アンダーソンはすぐには答えなかった。

「わたしがクリスを殺したとは思っていない、と？」慎重に問いかけ、奇妙なマントをはおった老人をじっと見つめた。

「ああ、思っとらん」エンモ・ウェイファーの両手は空中をいそがしく動きまわっていた。「ひとりの人間が他人を殺したりしない。たとえ、女がからんでいてもだ。人類の祖先が木の上で暮らしとった遠い昔なら、そんなこともあったかもしれんがな。なぜカッポ148があんなことをいいだしたのか、わたしにはわからん。最初はわたしも混乱し、腹も立てたが、いまはもう信じておらん。自分でカッポと話してみろ。あそこにいるから」

中庭の中央を貫く小道を歩いて、ジャッキー・アンダーソンはロボットの横に立った。

「わたしを知っているか？」と、たずねる。

まわっていたボールの頭がしばらく停止した。

「はい」が答えだった。「ジャッキー・アンダーソンです」

「そしてきみがカッポ148。きみは、わたしがクリス・ウェイファーを殺すと脅したと証言した」

「その言葉は真実ではございません」アンダーソンがまったく予想していなかった答えが返ってきた。「あなたに会うのは今回がはじめてです。数分前にあなたが連絡もなしにわたしの主人の住居にやってきましたので、中央のシントロニクスにあなたに関するデータを照会しただけでございます」

ジャッキー・アンダーソンは見るからに混乱した。

「わたしを見るのは今回がはじめてなのか？」アンダーソンはたずね返した。

「そうでございます。以前に会ったことはございません」黒いシリンダーが答えた。点滅するボール頭がまたまわりはじめた。

「いま、このロボットがいったことを」ジャッキー・アンダーソンは昆虫学者に向きなおった。「聞きましたよね？　なら、いったいだれがうそをついているんだ？　このロボットか？　それとも、ロナルド・テケナーか？　シントロニクスがそうやすやすと意見を変え、真逆のことを主張するなんてありえないことだ！　いったい、なにがどうなっているんだ？」

「わからん」エンモ・ウェイファーはどっと疲れが出た。「まるっきり筋が通らん」

「いや、通るかもしれない。エンモ、わたしに考えがあります。われわれ全員が、よくわからないなにかに巻きこまれていて、そのせいでクリスは死んでしまった。そのかれにさえ、なにかの罪が着せられるかもしれません。わたしにも疑いがかけられています。この背後には組織的ななにかが潜んでいるといいましたよね。わたしがそれを見つけだします。あなたに、その手伝いをしてもらいたい。クリスとわたしに向けられる疑いを晴らすために」

「いつ晴らせる？」老人はたずねた。

「不幸な出来ごとの仕掛け人が、どこか別の場所にいると証明できたときに」

エンモ・ウェイファーはそのブロンドの男をしばらくじっと見つめた。そして眼鏡をはずし、ロボットに預ける。驚いたことに、ロボットは予備のレンズを常備していて、すぐに新しい一枚を眼鏡のフレームに差しこんだ。ふたたび眼鏡をかけた昆虫学者は、こうつぶやいた。「わたしもそろそろ昆虫以外のなにかに関心を向けるべきかもしれんな。〝アントゥス・フェニックス・ウェイファルス〟の調査はいつでもできる。きみと息子の疑いを晴らすことが最優先だな」

ふたりは固く握手をした。

「破壊されていない右翼に部屋がひとつ余っとる」ウェイファーがアンダーソンにいった。「使ってもいいぞ」

「感謝します。造船所の作業はストップしているので、時間ならいくらでもある。まずは、なぜカッポ148が、自分がロナルド・テケナーにいったことを覚えていないのか、明らかにするつもりです」

「定期的に、カッポの主要モジュールを予備のもので交換するのだが」エンモ・ウェイファーがぼそりとつぶやいた。「きのうか今日も、交換したかもしれん。それ以外にカッポが意見を変えた理由は考えられんが、それとて、本当の原因だとは思えん。主要モジュールにはメモリーが含まれておらんからだ。メモリーは交換できんようになっとるから、交換したことはない」

「どうやら」ジャッキー・アンダーソンがいった。「あなたのロボットを詳しく調べる必要がありそうですね」

「やりたいようにやってくれ。悪いが、わたしはすこし休ませてもらうよ」

＊

ロナルド・テケナーは夜になってようやく、エンモ・ウェイファー宅を訪問できた。

というのも、緊急会議のあとも障害や事故がつづいたからだ。

宇宙港の内部、有毒ガスが発生した領域で、空調設備が理由もなしに停止した。再起動には成功したが、こんどは気温をマイナスにまでさげ、深刻な着氷を引き起こした。その影響で、別のシステムも停止した。

幸いなことに、犠牲者はいなかった。

《エプシロン》の造船ホールでは、もっと深刻な事態が発生した。原因は不明だが、停止していた組み立てユニットのひとつが勝手に稼働し、重いパーツを空中につり上げたのだ。そのパーツが落ち、下にいた複数の自由商人にけがを負わせた。そのなかには、プロジェクト・リーダーのイトリク＝イイも含まれていた。

このブルー族の男は脚に重傷を負った。少なくとも七日間は身動きがとれないだろう。この事故で、二名の自由商人が命を落とした。

パニックにも似た疑念と不安が広がっていった。ロナルド・テケナーはひとまずすべての造船ホールへの立ち入りを禁じた。

マンダレーでも、ほぼ同じ時間に二件の事故が発生した。二機のグライダーが無人で勝手に発進し、街の中心にある集会ホールの近くで衝突した。不思議なことに、両機ともマンダレー北部、ウェイファーの自宅近くから発進していた。

もう一件のほうが深刻で、一体のハウスロボットが主《あるじ》である女性を攻撃し、重いやけどを負わせた。幸い、近所の住人があいだに入り、暴走したロボットをビーム銃で破壊した。その事件がウェイファーの自宅近くで起こったと聞いても、テケナーはもう驚かなかった。

テケナーはエンモ・ウェイファーの家へいく前に、やけどを負ったテラナー女性のもとに立ち寄ったが、あらたなヒントは見つからなかった。

ロワ・ダントンとジェニファー・ティロンは安全策を拡大し、特定ゾーンの隔離を強化した。それがなにかの役にたつかは、いまはまだわからない。

あらたな事態の発生で、安全策に対する反感は弱まった。

エンモ・ウェイファーのもとへ向かっている途中、スマイラーはイホ・トロトからメッセージを受けとった。

ハルト人は焼け焦げたマトリックス回路の内部に、本来そこにあるはずのない微小な金属片を見つけたのだ。その金属片が事故と関係しているのかどうかの答えは、まだ出ていない。ただし、マトリックスに異物が混入していたのは確かだ。

エンモ・ウェイファーとの会話は短く、収穫はなかった。昆虫学者は無愛想で、よそよそしかった。テケナーが不幸の犯人候補をほのめかすたびに、首を横に振った。マンダレーでの出来事のすべてが、ウェイファーの家の近くで起こっているという話は、純粋なナンセンスとして否定した。

老人の心変わりに遭遇して、スマイラーはかれがなにかを隠していると直観した。あるいは、いまだに息子の死と自宅の半壊を克服できていないのか。

「つらい気持ちはわかる」ロナルド・テケナーが最後にいった。「わたしはもういくが、自由商人全員のためにも、あなたにはしばらくマンダレーにとどまってもらいたい。もしなにか不審なことに気づいたら、すぐに連絡してくれ。どんな些細なことでもかまわない。毎日一回は、わたしか妻に連絡を入れてもらいたい。イホ・トロトでもいい。かれも事件について調べているから」

「それは」昆虫学者が反抗的にたずね返した。「わたしが監視されるということですかな？」

「なぜそう思う？」テケナーは驚いた。

「ただ、そう思っただけです」ウェイファァーが答えた。「今日はもう寝させてください」

スマイラーは家を出た。

外は暗くなっていた。ジェニファーに無線をつなぐと、彼女がジャッキー・アンダーソンの監視に送りだしていたロボットが行方不明になったと聞かされた。組み立て主任を疑う理由がまたひとつ増えたことになる。ただし少なくとも、会議後の一連の事件以降、大きな問題は発生していなかった。

戻ると、妻の脇にはハルト人がいた。両者とも、トロトがもってきた顕微鏡画像を見ていた。《エプシロン》のマトリックス回路の拡大画像だ。

「残留物があった」と、巨体が説明する。「その組成から、半有機物だと考えられる。もとの物体はもちろん失われてしまったが、マトリックス内にそのような半有機物は使われていない。つまり、その微小な金属片の横になにかがいたことになる」

「そのほかに、新しい知らせは？」ロナルド・テケナーがたずねた。

「あまりないわ。ありがたいことに、って付け加えるべきね」ジェニファー・ティロンがいった。

「わたしの予想では、あすの午前中に次の問題が発生する」そういって、イホ・トロトがスマイラーにプリントを手わたした。「計算してみた。クエスチョンマークを多く含む予想だと思ってくれ。これまでの出来ごとの時間と場所を分析して、それをもとに予測してみた。すでに述べたように疑問点は多いが、事件の起こる時間と起こらない時間の波があるのは明らかだ。裏にはなんらかのシステムが潜んでいる。わたしには、目に見えない敵がどこかに潜んでいて、われわれ相手に追いかけっこをしているように思える。その敵はわれわれを駆逐しようとしていて、目に見えない武器を慎重に、しかし、狙い澄ました精度で使っている。いまはまだ、われわれの反応をうかがっているのだろう。まずは混乱と不安を広げるつもりなのだろうが、そのさいに命が奪われてもおかまいなしだ。そのうち、本当の大惨事が立てつづけに起こるぞ」

「怖いことをいわないでよ」ジェニファー・ティロンが首を激しく横に振った。「わたしはそこまでひどい事態になるとは思わないわ。でも、この不気味な敵がだれなのか、ずっと考えてるの。フェニックスには、わたしたちに敵対する勢力なんて、存在しないのだから」

「事実が」ハルト人がいった。「われわれにも敵がいることを証明している。どれだけうまく隠れようとも、見つけだすだけだ」

6

翌日に惨事が起こるというイホ・トロトの予想ははずれた。惑星は静かで平穏な一日を迎えた。だが首脳陣は安心しなかった。ロワ・ダントンとロナルド・テケナーはすべての安全策を維持した。六つの造船所で働いていた技術者は、空調システム、ロボット、転送機、グライダーなどといったハイテクシステムのチェックに駆り出された。だが、〝敵〟の残した痕跡は見つからなかった。

故障したシステムの調査でも、不審な点はひとつも見つからなかった。要するに、異状の理由はいまなお説明できないということだ。首脳陣には、その敵は人知れずやってきて、目にもとまらぬ速さでなんらかの細工をほどこし、あっというまに去っていったとしか思えなかった。あるいは、敵は未知の方法をもちいてみずからを〝消し去った〟のか。

ハルト人はすべての事故現場から瓦礫をとり寄せ、顕微鏡で徹底的に調べた。その結果、少なくとも破壊された通信中継器に、焼け焦げたマトリックス内で見つけたのと同じ、あるいはきわめてよく似た物質の残骸を発見した。

ここでもまた、不審点はその物質にあった。発見された残骸から、もとは中継器には使われていない半有機物だったと考えられたのである。

翌日もなにも起こらなかったので、表面上は安心感のようなものが広がりつつあった。だが、自由商人は油断しなかった。警戒をつづけ、規制も緩和しなかった。ありとあらゆるハイテクシステムのチェックもつづけた。

いまだにジャッキー・アンダーソンのことが気がかりだったロナルド・テケナーは胸をなでおろした。組み立て主任は、前回の事件の翌日に姿をあらわしたのだ。かれは仕事ができない状況を利用して、何件かの知り合い宅を訪問していたと、監視ロボットが報告した。

そのなかに昆虫学者のエンモ・ウェイファーも含まれていた。それを聞いて、テケナーは驚いた。報告によると、両者は打ち解けたようすだったという。カッポ148の奇妙な話は、誤解にもとづいていたということか。

どのみちスマイラーは、イホ・トロトとの共通の見解として、攻撃者あるいはサボタージュ犯は自由商人の内部にいるという仮説をすでに破棄していたため、アンダーソンとエンモ・ウェイファーの和解については、それ以上深く考えなかった。

昆虫学者は定期的にジェニファー・ティロンに連絡をよこした。そのたびに、調査に進展があったかどうかをたずね、自分はなにも不審な点を見つけなかったと報告する。ジャッキー・アンダーソンを疑ったカッポ148の主張は愚かな冗談だったといい、自分がそうプログラミングしたのだと説明した。ただ、アリの研究にいそがしくしていたところに息子クリスの死の知らせを聞いて、そうプログラミングしたことを忘れていたのだ、混乱していたのだ、と。

ジェニファー・ティロンはその話を完全には信じなかった。つじつまが合っていないと思えたからだ。だが、息子を失った気むずかしい老人からさらなる危険が生じるとも思えなかったので、それ以上の深入りは避けた。この点では、テケナーも妻に同意した。

しかし、ロナルド・テケナーとイホ・トロトが宇宙港へ向かって移動していた午後、ふたたび本部で警報が鳴った。

＊

そうこうするうちに、転送機の安全が確認され、利用も再開していたにもかかわらず、ハルト人とロナルド・テケナーはグライダーで宇宙港へ向かっていた。道中、両者はすべての重要施設や軌道上の宇宙船とも連絡をとり合った。

その日は、《エプシロン》の造船所の封鎖を解く予定だった。そのために、特殊部隊、救助隊、整備専門家のチーム、そしてロボットの小さな集団がホールをめざしていた。

当初の予想よりも早く負傷から回復したイトリク＝イイが現場の指揮をとった。テケナーとハルト人は封鎖の解除に立ち会うことにした。

イホ・トロトがみずから操作してグライダーの高度をさげた。本来、自動で飛行できる性能があるのだが、ハルト人はグライダーの自動制御を信用しなかったのだ。

ボニン大陸の中央山脈が目前に迫ってきた時点で、宇宙港から連絡が入った。責任者はズウェン・リオグルという男だ。その映像が通信スクリーンにあらわれると同時に、警報も表示された。シグナルのシンボルから、その警報もまた宇宙港の地下施設からきていることがわかった。

「ロン！」ズウェン・リオグルは興奮していた。「問題がひとつ、いえ、ふたつ発生しました。ふたつです。おふたかたのために入口のシャフトを開けようとしたのですが、サーボが応答しません。それに、問題をとり除くはずのメンテナンス・ロボットが逆にシャフトの入口をしっかりと溶接してしまったのです。こいつらも、こちらの命令を聞きません。そのため、施設全体に警報を鳴らしました。施設内にいた宇宙船乗員がわたしのもとに集まろうとしているのですが、ここでも障害が発生しているようです」

「わたしが予想していたことが、遅れてはじまったのだ」イホ・トロトがいった。「狂騒曲の再開だ」

「別のシャフトを開けることは可能なのか？」ロナルド・テケナーがたずねた。「そこでなにが起こっているのか、この目で見てみたい」

「ここは大混乱です」宇宙港責任者がうめいた。「もちろんやってみますが、主要なシャフトの入口はうんともすんともいいません。西のほうへ誘導しますので、新しいシグナルに従ってください。造船所へつながるそこの入口は動くようですので。そこからも、宇宙港の全領域に出ることが可能です」

テラナーとハルト人は黙ったまま目配せした。両者とも、まなざしは真剣だった。テケナーは念のためセランの各システムを起動した。部外者には大げさだと思えたかもしれないが、転送機事故を経験したスマイラーには、いかなるリスクも冒すつもりはなかった。

イホ・トロトはみずからの身体能力を信頼し、防御スーツどころか、武器すら携帯していなかった。

グライダーは宇宙港から送られてくるあらたなシグナルに反応して、宇宙船造船所のためにつくられたシャフトへと方向転換した。イホ・トロトは目で合図をして、ロナルド・テケナーに同意を伝えた。

グライダーは高度を上げた。目の前に急な斜面があったからだ。斜面をおおう密な木々が、山に優雅さと静けさを授けている。その美しさは現実であったが、グライダーを駆る両者の心情とは一致しなかった。また、いまのフェニックスで生じている事態とも調和しなかった。

マンダレーにも動揺が広がっていると、ジェニファー・ティロンが報告した。ただし、マンダレーではまだ具体的な問題は発生していなかった。

高度を増すにつれて木々はまばらになり、むきだしの岩肌や雪や氷の塊りもちらほらと見えはじめた。

「目的地まであと一分」宇宙港のシントロニクスの声が報告した。

「ほかにもお客さんがいるようだ」ロナルド・テケナーがハルト人にいって、腕を伸ばして左を指した。二機のグライダーが接近してきた。宇宙港からはなんの知らせもなかったが、その二機も明らかに同じ隔壁をめざしていた。

スマイラーはオートパイロットにその二機と無線をつなぐように指示したが、自動システムは反応しなかった。シグナルは送られたが、返答がないのだ。

「おかしいぞ！」ハルト人がグライダーを鋭く旋回させると、衝撃吸収装置が悲鳴を上げた。緊急飛行態勢に移行したのだ。イホ・トロトは方向転換をして、ふたたび木々におおわれた低い高度をめざそうとした。

二本のエネルギービームが両者の頭上を通過した。その瞬間、ロナルド・テケナーはそれを明らかな攻撃と理解した。イホ・トロトが武器をもっていないことをテケナーは知っている。また、自分もセランに付属する攻撃用の武器はもってきていなかった。あるのは、インパルス・ビームとパラライズ・ビームを撃てる単純なコンビ銃だけだ。

「気をつけろ！」ハルト人がどなった。

だがテケナーには、その言葉の意味を理解する時間も残されていなかった。相手の攻撃がグライダーに命中したのだ。セランの防御システムがすでに反応していて、着用者を守っていた。ハルト人の心配をする必要はない。あの巨漢が身体構造を硬化させれば、この程度の攻撃なら傷のひとつもつけられないだろう。

グライダーは大破した。二名の攻撃者はロナルド・テケナーの頭上を通り過ぎていった。横のほうで、イホ・トロトが叫びながら深みへと墜落した。なぜか楽しんでいるように見える。かれのなかにある古い衝動が目を覚ましたのかもしれない。

テケナーは下のほうへ目をやった。セランがあるので、安全に着地できる。それはまちがいない。だが、いったいなにが起こったのだろう？　だれが攻撃してきた？　敵の姿は見えなかった。だからこそ不安だった。

テケナーは密な木々のあいだを抜けて降下した。セランの自動制御により、着地前に落下スピードが弱まった。どこか近い場所から聞こえていたトロトの笑い声がとまった。大破したグライダーが墜落し、近くの木々をなぎ倒した。

着地する寸前に、腕につけた通信機が起動した。スクリーンにあらわれた映像を見るまもなく、ロワ・ダントンの声が聞こえてきた。

「警戒レベル・ゼロ！　あらゆる安全措置を発動せよ！　アトラン、テケナー、イホ・トロト！　すぐに連絡してくれ。ここマンダレーで異常事態が発生した。まさに地獄、制御不能だ。ロボットたちが反乱を起こした。われわれは防衛……」

そこから先はうめき声や叫び声でかき消された。ロナルド・テケナーにはわけがわからなかった。宇宙港ではメンテナンス・ロボットがシャフトの入口を溶接し、シントロニクスが反応しなくなったが、それで終わりではなかった。マンダレーでも見知らぬ敵が攻撃を仕掛け、すべてを混乱に導いている。

テケナーは通信機を使って、とにかくどこかと連絡をとろうとした。だが、うまくいかなかった。ハイパー通信も含め、あらゆる通信が遮断されていた。外敵の侵入時に備えてフェニックス各地に設置してあった電波妨害装置のどれかが、起動したにちがいない。

イホ・トロトの足音が近づいてきたので、テケナーはすこしばかり安堵した。

「まったく、ひどいもんだ」巨漢ハルト人の声が轟《とどろ》いた。「どうやらだれかが、われわれを皆殺しにしようとしているらしい。マンダレーではロボットが自由商人を襲い、宇宙港でも混乱が広がっている」

ロナルド・テケナーは答えの代わりに悪態をついた。

「だが、わたしは無力ではないぞ、ロナルドス」ハルト人によって久しぶりにそう呼ばれたのは、スマイラーにとって名誉なことだった。「これを見ろ！」

ハルト人は片手を広げた。おや指の先にも満たないほどの大きさの機械がそこにあった。イホ・トロトはその小さな箱状の機械に描かれていた唯一のシンボルを押した。

「なにがあろうと、わたしの《ハルタ》が数分でここにやってくる。いまのはすべてに優先される絶対的な緊急信号だ。わたしはここで起こっていることが気に入らん。わたしの予想を超える事態だ。フェニックスは戦火に包まれている」

「セルヴァ河沿いのロボット集落はどうなんだ？」ロナルド・テケナーがたずねた。

「いや、あそこはまだ静かなようだ。異常事態はマンダレーと宇宙港だけに集中している。目に見えぬ敵が総攻撃を仕掛けてきた」

「それはだれなんだ？」

「わからない」が、ハルト人の答えだった。「きたぞ！」

イホ・トロトが空を見上げると、木々の隙間から速度をさげつつある《ハルタ》の姿が見えた。《ハルタ》から分離した搬送カプセルが防御バリアを展開して、ハルト人とテラナーのほうへ下降してきた。

「まずは通信妨害をなんとかせねば」搬送カプセルに乗りこむテケナーにイホ・トロトがいった。「通信を確保することが最優先だ。大惨事をくいとめるためには、いまこそ力を合わせる必要があるぞ」

船内に足を踏み入れて、ロナルド・テケナーは《ハルタ》の頼もしさをあらためて痛感した。テケナーはやはり、惑星住民ではなく、宙航士なのだ。そしてこのような局面で、イホ・トロトほど頼りになる者はほかにいない。テラナーはハルト人のすぐそばに陣取った。

《ハルタ》の強力な通信システムのおかげで、ジェニファー・ティロンとアトランに無線が通じた。ロボットがまだ正常に働くセルヴァ河沿いの製造施設は平静だったが、マンダレーは大混乱をきたしていた。悪い知らせが次々にもたらされた。詳しいことはわからなかったが、自由商人がコントロールを失いつつあることは確かだった。

宇宙港に関しては、異常事態はもはや特定の領域に限定されたことではないようだ。不気味な敵は、テケナーらが手を出せないのをいいことに、活動範囲を広げたようだ。《ハルタ》はマンダレーへ向かった。集落付近に電波妨害装置が見つかった。なによりも先に、それを停止させなければならない。

ロナルド・テケナーは、イホ・トロトならそれができると確信していた。両者はまだ敵を見ていないが、敵を追っている実感はあった。

そして、スマイラーには豊富な経験から得られた確信があった。

〝だれもが一度はミスを犯す！〟

この敵もかならずミスを犯すはずだ！

今後ずっと、姿を隠しとおせるはずがない。

*

その日、ジャッキー・アンダーソンはエンモ・ウェイファーを一度も目にしていなかった。だが、自由に家に入っていいといわれているし、本当に会いたい相手はそこにいた。黒いシリンダー型ロボットのカッポ148だ。いつものようにボール頭を回転させ、シグナルランプやセンサーを輝かせている。

ロボットの調査はほぼ終わっていた。クリス・ウェイファーの殺害が疑われた自由商人はカッポ148を調査するために、エンモ・ウェイファーから自由に使うことを許可された部屋にたくさんの機材を持ちこんでいた。しかも、カッポ148みずからが調査の準備を手伝ってくれた。

どうやら実際に、昆虫学者は純粋にシントロニクスからなるカッポのメインユニットを交換したようだ。ウェイファーはメインユニットをもうひとつ所有していて、それをジャッキーに託していた。そのさいかれは、少なくともメインユニットだけは〝フレッシュで健康〟に保ちたかったので、そのふたつのメインユニットをときどき入れ替えたと説明した。そのような考え方をするのは気むずかしい老人ぐらいだということは、ジャッキー・アンダーソンもすぐに気づいた。だが、年老いた昆虫学者を怒らせるつもりもなかったので、それ以上の深入りはしなかった。

いずれにせよ、ふたつのメインユニットのあいだには実際にちがいがあった。アンダーソンが直接会ったカッポは、告発についてなにも知らなかった。別のメインユニットを積んだカッポは、この点に関する質問に対してこう答えた。

「障害があります」

これもおかしな話だった。

ジャッキー・アンダーソンには、メインユニット自体にさえもはや答えられないなにかがあったとしか考えられなかった。シントロニクスに精通している組み立て主任でさえ、それ以上のことはわからない。だが、なにかがおかしいことは確かだった。

そこで、シントロニクス機器をもちいて、異常を示すメインユニット用にブレーク・プログラムを作成することにした。カッポからとりだされたシントロニクス・メインユニットには知るよしもなかったが、この作業も建物半分が崩壊したエンモ・ウェイファーの自宅で行なわれた。

昆虫学者が帰ってきたとき、アンダーソンはかれに、両シントロニクス・メインユニットの内容とプログラムに相違点があることを報告した。少なくともどちらかのメインユニットに通常とは違う行動を引き起こすデータ、つまり偽りのデータが紛れこんでいる、と。

「そのあたりのことは、わたしにはわからん」エンモ・ウェイファーが正直に答えた。「きみを悪者にしようとしたシステムを、クリスに汚名を着せたシステムを、調べるのはきみの仕事だ。あんたにすべて任せる。わたしは、自分の仕事をつづけることでしか、気を紛らわすことができんのでな」

ジャッキー・アンダーソンはうなずいた。この気むずかしい老人が協力的なのがありがたかった。だが、かれからそれ以上のサポートを期待することはできない。

「これを見てくれ！」エンモ・ウェイファーが片手を広げた。組み立て主任には十匹ほどの小さなアリのような昆虫が見えた。大きさは一ミリメートルにも満たないだろう。「新種だ。〝アントゥス・フェニックス・ウェイファルス〟とよく似ているが、似ているだけで同じではないぞ。何匹かもってきたんだ。さて、〝アントゥス・フェニックス・ウェイファルス〟と同盟を結ぶか、それとも戦争をはじめるか。きみも、観察に付き合うかね？」

ジャッキー・アンダーソンは特に関心はなかったが、気むずかしいエンモからなにかを聞きだすには、付き合うしかないと思った。軽くあしらうわけにはいかない。

「もちろん」アンダーソンは答えた。「わたしは真実を見つけなければならないとはいえ、新しいことも大好きですからお供しますよ。なにを見せていただけるのでしょう？」

よくあることだが、昆虫学者はすでにアンダーソンになにかを見せようとしていたのを忘れていた。その代わりに、アンダーソンのひとことに飛びついた。

「真実を見つけるだと？」老人は笑った。「カッポがきのうわたしにいったんだ。群衆のなか、真実の松明を運ぶのはほぼ不可能だ。かならずだれかの髭を燃やしてしまう、とな。わかるか？」

「よくわかります、エンモ。わたしの祖父も同じことをいっていました。先史時代のテラの物理学者の言葉だそうです」

「ばかをいうな！」エンモ・ウェイファーが生徒を叱る教師のような顔でいった。「先史時代には物理学者なぞおらんかった。いたのは昆虫ぐらいだ。ついてこい！　この宇宙でもっとも数が多くて、もっともすばらしい生き物を見せてやる」

「もっとも数が多い？」

「ああ。テラでは、昆虫の数が人間の数の百万倍を下まわったことが一度もない。おそらく、百万倍どころか、〝十億万倍〟を下まわったこともないだろう。昆虫こそが、宇宙を支配する真の生物だ。もっとも、本当の意味での知性を発展させた昆虫種はほとんどおらんがな。こい。きみだけに知的な昆虫種を見せてやろう。わたしが〝アントゥス・フェニックス・ウェイファルス〟と名づけたんだ」

ふたりは半分が崩壊した蹄鉄形の建物の中庭に入った。カッポ148がついてくる。

エンモ・ウェイファーは区分けされた地面を通り過ぎる。

「あの土の山が見えるか？　アリ塚だ。あそこにきわめて特殊なコビトアリのコロニーがある。わたしはクリスと、まあ、なんだ、その実験を……」

「むりをなさらずに」ジャッキー・アンダーソンが年老いた生物学者の肩に手を置いた。

老人はゆっくりと手を開いて、なかにいた小さな昆虫をアリ塚に落とした。

「どうだろう、仲良くやってくれるだろうか」エンモ・ウェイファーはつぶやいた。

「争いをはじめるかもしれん。というか、そんな気がする。あるいは、例のもっと小さな下僕集団がこいつらを追い出そうとするだろうか」

二名の男のために、カッポ148がエアロプラズマレンズをとりだした。エンモ・ウェイファーには今回もまた見えているのはアリだけで、サポート集団は見えていなかったが、ジャッキー・アンダーソンにとっては、それでさえはじめて見る光景だった。

アリ塚のコビトアリが、昆虫学者の手から解きはなたれた小さな昆虫に襲いかかった。平和に共存する道はないようだ。

「お楽しみはこれからだ」ウェイファーがレール上のマイクロ波照射器を引き寄せ、スイッチを入れた。

「さて、あのサポート集団はどう出るかな。まだ全滅していなければいいが。この照射を長くつづけるわけにはいかんからな」

コビトアリよりも小さな生物が地面に出てきた。ところが、ウェイファーが〝アントゥス・フェニックス・ウェイファルス〟と名づけたアリと、さっき巣の上に落としたアリとの戦いには、まったく参加しようとしない。

「この小さな生き物はなんなのですか？」ジャッキー・アンダーソンがたずねた。「クモのように見えますが、クモにしては脚が多い」

「〝アントゥス・フェニックス・ウェイファルス〟のサポート種族だ」エンモ・ウェイファーが答えた。

「それはあなたの理論ですよね」ジャッキー・アンダーソンが一匹を手にとった。「もうすこし詳しく見てみましょう。わたしのなかで生物学への関心が芽生えたというわけではありませんが、この奇妙な物体には興味があります」

「ああ、好きにするがいい」エンモ・ウェイファーは、新しい友が自分の研究に関心を示したのがうれしかった。「こいつらは、高周波、だいたい六ギガヘルツのマイクロ波に一分以上さらされると死んでしまう。〝アントゥス・フェニックス・ウェイファルス〟は平気だがな」

「いきましょう！」ジャッキー・アンダーソンが昆虫学者とそのロボットを屋内に誘った。そして、自分の部屋として使っている、たくさんの機材で満たされた部屋に入った。

少量の土をプレートにのせ、それをレンズの下に置いた。そのレンズは、カッポのエアロプラズマレンズに似ていたが、より詳細な観察が可能だ。組み立て主任が微細構造センサーをプログラムしていたからだ。

極小サイズの触手のようなものがプレート上をいそがしく動きまわると微小生物以外の異物がとり除かれた。

「そら、〝アントゥス・フェニックス・ウェイファルス〟のサポート種族のお出ましだ！」エンモ・ウェイファーにもよく見えるように、ジャッキー・アンダーソンは部屋を暗くした。「あなたがこのサポート種族に興味があるのはわかります。ですが、よく見てください！　拡大率を上げて、材質分析もやってみましょう。こいつがごくふつうの生き物だったら、わたしをあなたのアリの餌にしてくれてもいい。あなたもきっと……」

「なんの話をしているんだ？」昆虫学者が割って入った。

そして、超高倍率でその生き物を眺める。

「二十本脚のクモだ。これは昆虫ではない」その声には失望が含まれていた。

「分析結果です」アンダーソンがスクリーンに映し出されたデータを指した。「あなたは生物学者だ。この意味がわかりますよね？」

分析結果を見たエンモ・ウェイファーが顔を歪めた。

「生物ですらない」昆虫学者が認めた。「ジャッキー、きみのいうとおりだ。これは

〝アントゥス・フェニックス・ウェイファルス〟のサポート種族などではない。生き物でもない。炭素がすくなすぎる。微小な機械か、あるいは合成生物だろう。生物由来ではない。要するに、わたしの研究対象ではないということだ。だれがこいつらをフェニックスに連れてきたのかはわからんが、わたしが研究すべきものではないな」

「わたしも同じ意見です、エンモ」ジャッキー・アンダーソンが大きく息を吸った。「この例から、真実は見た目とは大きく異なることがあると学べるでしょう。そして、正しいと思えることが、ときにはまったく無意味なことも」

「わたしにはこれまで、こんなふうに話せる相手がおらんかった」

ジャッキー・アンダーソンは、老人の気持ちを察した。

「殺害犯人と疑われている者が」アンダーソンはいった。「群衆のなか、真実の松明を運ぶのは不可能です。犯人と疑われていなくても、真実はかならずだれかの髭を燃やしてしまうのですから。ですがわたしは、自分にかけられた嫌疑を完全に晴らしたい」

「ああ、これからはきみの名誉の回復に集中するとしよう」昆虫学者がいった。「そして、クリスの。いいな？」

「もちろん！」組み立て主任が力強く答えた。「わたしを信用してくれますね？」

エンモ・ウェイファァーはうなずいた。

「わたしも同じ考えです」カッポ148が発言した。「ですが、もうわたしのメインユニットを交換しないでください」

その瞬間、家の内外、すべての通信手段から警報が鳴り響いた。それがなにを意味しているのか、想像力のない者にさえ、明らかだった。

「見えない敵だ！」エンモ・ウェイファァーがうめいた。

「こんなときのために備えておきました」ジャッキー・アンダーソンが示す先には、昆虫学者が見たこともない装置や機器が並んでいた。「外でなにが起ころうとも、この家にとどまるのです。ロワとジェニーが緊急時の行動計画を発表しましたが、わたしは自分の計画に従いたい」

エンモ・ウェイファァーは無言で提案を受け入れ、アンダーソンに従うことにした。

7

混乱が広がるなか、通信を遮断していた電波妨害装置を停止させるのは、《ハルタ》にはたやすいことだった。これで、ロナルド・テケナーは宇宙船からジェニファー・ティロンやロワ・ダントンらと問題なく通信を行なうことができる。

しかし、だからといって大混乱が収まるわけではない。まともに動いているのは、マンダレーの本部にある中央主シントロニクスぐらいだ。しかし、それが設置され特別に厳戒な防御がなされている領域の外にあるデータシステムはすでに異常をきたしている恐れがある。そのため、中央主シントロニクスがまとめた現状報告をどこまでうのみにしてもいいのかは、定かではなかった。それでもなお、状況をある程度は把握することができた。

とりあえず、未知の敵による攻撃は宇宙港地下とマンダレーの二個所に集中しているという当初の予測が正しかったことがわかった。

宇宙船は攻撃の対象ではなかった。軌道上に退避した宇宙船だけでなく、宇宙港に残って防御バリアで自衛している船も無事なようだ。

まだだれも敵の姿を見ていない。敵は転送機や単純なドリンク自動販売機など、自由商人が使っているロボットや機械を悪用した。それらが勝手に動き、自由商人を攻撃したり、無意味な破壊を引き起こしたりしたのである。

宇宙港の責任者ズウェン・リオグルの報告には矛盾や不明点が多かった。敵は宇宙港の通信システムに深く入りこみ、データを改竄《かいざん》しているのだろう。

宇宙港は機能不全に陥った。居残った船は飛び立つこともできない。シャフトの出入口はむりに破壊しないかぎり開きそうになく、自由商人たちは、自分たちの居場所をそれ以上破壊するのをためらった。

それに比べれば、マンダレーのほうがまだ状況は明るかったといえる。悲観的な内容ではあったが、すでに確かなデータがある程度は得られていたのだから。

そのデータによると、都市部に存在する全自動システム五分の四が制御不能になっているようだ。特に被害が大きかったのはロボットで、多くが独自に活動し、停止させることもできなくなっていた。

そこで首脳陣は、作戦本部と集会ホールのあるマンダレー中心部をエネルギー・バリアで保護することにした。ほかの場所に比べれば、そこにいる自由商人は安全だった。

動ける宇宙船は、ほかの自由商人を危険地域から救出し、エネルギー・バリアで守られている別の場所へと輸送した。

都市中心部の防御は、なにがあろうと一瞬たりとも解くわけにはいかなかった。目に見えない敵に、中央主シントロニクスに襲いかかる隙を与えるわけにはいかないからだ。集まってきた洞察から、敵はとても小さいと考えられた。というより、それ以外には説明がつかなかった。肉眼ではなにも見えないのだから。だがこれまでのところ、顕微鏡でさえなにも見つけられなかった。イホ・トロトが焼け焦げたマトリックスで行なった発見が、敵は小さいと考える決め手になった。

ハルト人はいまもなおロナルド・テケナーとともにマンダレーの中心部の外で活動していた。中心部を封鎖しているバリアを解くリスクを冒せなかったからだ。いま、中央主シントロニクスが見えない敵に乗っとられたら一巻の終わりとなることは、だれの目にも明らかだった。

およそ三時間後、マンダレーの混乱は静まりつつあった。自由商人のほぼ全員が、すでにどこか安全な場所へ運ばれていた。中央領域のまわりにもうひとつ、内と外に向けてエネルギーで保護されているリング状のゾーンができあがった。今後十二時間で、もしこのゾーンでなにも異常が見られなかったときには、中央領域と融合させる。

自由に飛行できた宇宙船の活躍でそのような小さな成功を勝ちとることはできたが、自由商人の活動が極端に制限されているという事実は変わらない。テケナーとトロトは、ジェニファー・ティロンとロワ・ダントンと別れて行動せざるをえなかった。アトランとズウェン・リオグルとは声で通信するのが精一杯で、それとて、いつ途絶えてもおかしくなかった。転送機の使用などもってのほかだ。

住民が保護地区へ移動したあとも、マンダレーでは攻撃がつづいた。《ハルタ》、《モノセロス》、そして《ラクリマルム》にはやることが山ほどあった。なによりもまず、暴走するロボットたちをとめなければならなかった。

ほかの宇宙船は宇宙港内にいて、そこでは事態がはるかに深刻だった。アトランはロボットが働くセルヴァ河沿いの工場地帯にいて、そこで考えられるすべての安全策を講じたが、この領域にはまだ攻撃が波及していなかった。

重要な三つの地区が通常の無線やハイパー通信を介して問題なく連絡がとれるようになってはじめて、外にいた最初の船が、宇宙港地下のハンガーへの進入を試みた。それを阻止しようとしたロボットは、もとはすべて味方だったのだが、武力で排除するしかなかった。

宇宙港のズウェン・リオグルたちも、マンダレーの本部と同じ戦略をもちいた。その結果、いくつかの領域を封鎖することに成功した。安全が確保された領域は〝クリーンゾーン〟と名づけられ、次第に拡大していった。

混乱がはじまってからかなりの時間が過ぎ、ようやく宇宙船が出入りできるようになったが、その後宇宙港も、ある種の膠着《こうちゃく》状態に陥った。宇宙港の中枢部の安全は確保できたが、活動範囲はかぎられていた。

マンダレーも、宇宙港も、その大部分が破壊された。それでもなお、爆発や無意味な破壊がつづいていた。マンダレー全体を監視することも、宇宙港と造船所付近の洞窟やホール、隔壁などのすべてをコントロールするのも不可能だった。

イホ・トロトとロナルド・テケナーは、ロワ・ダントン、ジェニファー・ティロン、アトラン、そしてズウェン・リオグルと協議を重ねた。すこしばかり状況の整理がついたとはいえ、防御バリアを解くことには全員が反対した。

したがって、全員が一個所に集まって相談することもできなかった。今後の行動についてたくさんの案が出されたが、有望な解決策は見つからなかった。疲れ知らずの中央主シントロニクスでさえ、とてもおとなしかった。その理由をシントロニクスがみずから説明した。

「これまで敵のことはなにもわかっていません。その見た目も、どこからきたのかも。ただし、まだ一度たりとも目撃されていないという事実から、とても小さくてすばやいなにかだと推測できます」

「わたしも落ち着いて考えてみた」ハルト人がいった。「わたしが焼けた残留物で発見した痕跡からも、非常に小さななにかの存在が想定できる。それがあらゆる種類のロボットに感染するのではないだろうか。そこで、ひとまずこの未知の敵のことを〝ロボット胞子〟と呼ぼうと思う。この名が的確かどうかは、そのうちわかるだろう。ロボット胞子に感染していると考えられるロボットを確保するために、一度《ハルタ》を離れるつもりだ。この実験がうまくいくかどうかは、わからんがな。きみらには、その結果を見届けてもらいたい。準備はもうすんでいる。ロナルドが《ハルタ》からわたしを支援する。船載シントロニクスを介して、きみらにも逐一情報を届けるつもりだ」

この提案に反対する者はいなかった。いまこの状況で、そのような試みを行なうのに、イホ・トロト以上の適任者はいない。今回、イホ・トロトには持ち前の怪力を披露する機会はなく、求められているのは知的能力だったのだが、それでもかれにしかできないと、全員が思った。

「わたしたちにできることは？」ジェニファー・ティロンがイホ・トロトにたずねた。

「結果を見届けてくれれと、すでにいったではないか」ハルト人は自前の重装備特殊セランを着用した。「敵にどれぐらいの知性があるのか、まだわからない。わたしの介入に気づいて、特殊な反応を示す恐れもある」

話し合いはお開きとなった。

マンダレーの上空で、イホ・トロトが《ハルタ》の高度をさげる。ロナルド・テケナーは万が一の場合に備えて、シントロンにエネルギー・バリアの準備を命じた。

＊

ジャッキー・アンダーソンはいくつかのスクリーンをオンにした。年老いたエンモ・ウェイファーは若い自由商人の姿を黙って見つめている。別の装置が起動したのを見て、昆虫学者は新しい友がやろうとしていることを理解した。スクリーンにはバンガローの周囲のようすが映し出された。

「エネルギー・バリアを用意しました」アンダーソンが説明した。「この建物全体を包みこめます。展開すれば、わたしが許可しないかぎり、だれもここに入れません。それがわれわれの保護となります。同時に、こうやって監視もできる。だれが敵なのか、だれに汚名を着せられたのかを知るためです」

「本部のスペシャリストのほうがあなたよりも多くの情報をもっています」カッポ148がいった。「かれらにはかないません」

「だろうな。だが、かれらは転送ステーションや中央主シントロニクスなど、重要な施設を抱えている。敵も、われわれよりもあっちを狙うだろう。それがわたしのチャンスだ。わたしはロワとジェニーがどんな避難計画を立てたのかを知っている。ここ数日、何度も聞かされたからな」

「わたしは庭にいってくるよ」エンモ・ウェイファーが口をはさんだ。

「お願いです、しばらく我慢してください」ジャッキー・アンダーソンが強く訴えた。「あなたの昆虫たちと中庭を防御バリアの内側に入れることは可能ですが、いまはまだ、そこまでバリアを広げるわけにはいかない。防御なしで、ひとりで外に出るのはあまりに危険です。それに、だれかにあなたを見られるのもまずい」

「なにが危険なんだ？」

組み立て主任はスクリーンを指さした。それからの半時間、ふたりで無言のまま、マンダレーで起こっている事態をじっと眺めつづけた。ロボットたちが主に反旗をひるがえしていた。自動システムが故障し、あるいは異常に作動し、ときには爆発もした。

本部が自由商人たちに封鎖領域に急ぐよう、何度もくりかえし通達していた。そうこうするうちに宇宙船がやってきて、自由商人たちのためにエネルギー通路をつくり、衝撃フィールドでロボットたちを追いはらったり、牽引ビームで別の場所へ移動させたりしはじめた。まさに大混乱だ。

エンモ・ウェイファーは何度も立ち上がろうとしたが、そのたびにジャッキー・アンダーソンが引きとめた。

「この大避難計画に」アンダーソンは主張した。「参加してしまえば、真実を見つけられません」

年老いた昆虫学者には、どう反論すればいいのかさえわからなかった。なにがふつうでなにが異常かもわからなくなっていた。外のロボットは暴《あば》れまわっているのに、カッポだけはおとなしくしていても、驚かなかった。カッポもロボットなのに。

ジャッキー・アンダーソンは目を輝かせながらスクリーンを見つめていた。まるで自分を犯人に仕立て上げようとした敵がそこにいるかのように。そうやって、数分が、そして数時間が過ぎた。奇跡的なことに、ウェイファーの家は無事だった。その一方で、近隣の四件のバンガローは完全に破壊されていた。

アンダーソンはまだエネルギー・バリアを起動しようとしなかった。

「バリアが敵を引き寄せるかもしれません」と、説明する。「それにはまだ早すぎる。もうすこし、準備をしてからでないと」

そういって、いくつかの機器をいじりはじめた。なにもできないエンモ・ウェイファーは、ただため息をついた。まだ受けとることができたわずかなニュースから、マンダレーの状況の深刻さがわかった。とはいえ、いまとなっては封鎖領域のどれかへいくにも手遅れであることは、ウェイファーにもわかった。したがって、アンダーソンの理解不能な行動を見守るしかない。

「きみがどうしてそこまで真実にこだわるのか、もうわからんよ」いまになって、ようやく抗議の声を上げた。「いまではだれもが、この目に見えない敵がきみとはなんの関係もないことを知っとるはずだ。なにをしたところで、クリスが生き返るわけでもないのに、きみは危険を冒しつづける。本部に連絡して、救助してくれと頼んでみよう」

「そんなことをしてもむだですよ、エンモ。通信はもう何時間も前からつながりませんから。さて、準備は終わりました。エネルギー・フィールドを起動します。そうすれば暴走するロボットやグライダーがやってくるはずです。敵の正体もわかるはずだ」

「すまんが、ジャッキー」昆虫学者が立ち上がった。「わたしはもうおりる。きみがなにをしたいのか、さっぱりわからん」

組み立て主任がいくつかの装置を起動すると、静かな機械音が広がった。そして、エネルギー・フィールドも起動した。

「ちゃんと説明させてください」アンダーソンは低い声でいった。「運命とは、ときに奇妙な道をたどります。アイリーン・デマンドンは、わたしの大切な人でした。彼女をクリスに奪われたのは、本当につらいことでしたが、それでもなんとか立ちなおりました。ところが、こんどはクリスが死んでしまった。そしていつかある日、《ブルージェイ》がアイリーンを乗せて帰ってくるでしょう。そんなとき、すこしでも疑わしい部分があるのなら、わたしは彼女の目を見ることさえできない。だから、やるんです。自意識過剰だと思うかもしれませんが、この気持ちは変えられない。わたしは真実を知らねばならない。クリスのためにも」

「そこまで執着するなんて。気の毒だが、ジャッキー、きみは正気を失ったんだ」エンモ・ウェイファーはそういって首を横に振り、黙りこんだ。

「あなたを死なせやしませんよ」ジャッキー・アンダーソンは大きなスクリーンを指さし、額に垂れさがったブロンドをかき上げた。「ほら！　はじまった！　暴走したロボットが一体、近づいてきました。バリアに気づいたんだ」

アンダーソンは制御デスクの前に移動した。

「外側のバリアを通過させます」と、説明する。「そして中庭で捕らえる。すぐに解体して、敵を探します」

エンモ・ウェイファーには、若い自由商人に反論する気力も残っていなかった。そのロボットの姿を見て、いやな予感がした。年老いた昆虫学者の痩せ細った両手が震えはじめる。

ジャッキー・アンダーソンは夢中になっていた。外側のエネルギー・バリアに構造開口部をつくると、分子破壊銃を装備した大型の作業ロボットが中庭に入った。

「わたしのアリが」昆虫学者が嘆いたが、アンダーソンの耳には届かなかった。

エネルギー・バリアがふたたび閉ざされた。

「さあ、捕まえたぞ！」若い自由商人は興奮している。

「なんとかしてくれ！」エンモ・ウェイファーが古くから付き合いのあるカッポ148にすがるように訴えた。

カッポは見たところなにもしなかった。その代わりに、エネルギー・フィールドが突然消えてなくなった。大型作業ロボットは加速した。どこに敵がいるのかが、正確にわかっているようだ。

鋼のからだが外壁を打ち破った。

エンモ・ウェイファーはたくさんの部品や機材の山のうしろに飛びこみ、身を潜めた。目を閉じて、両手で耳をふさぐ。

それでもなお届く戦闘音に、鼓膜が破れそうになった。

8

《ハルタ》はもぬけの殻になったマンダレーの上空を大きな弧を描いて旋回した。安全が確保されたふたつの封鎖領域の外に、自由商人の姿はどこにも見えなかった。ほかの二隻の宇宙船は、はるか上空から地上のようすを俯瞰していて、必要ならいつでも介入できる態勢を整えている。

「あそこに暴走したロボットがいる」ロナルド・テケナーがいった。「家屋の中庭に入ったぞ。おい、あれはエンモ・ウェイファーの半壊した家じゃないか。まさか、あのじいさん、避難が間に合わなかったのか？」

「いつでもおりられるぞ」ハルト人がいった。「あのロボットはわたしに任せろ」

《ハルタ》が急降下して半壊した家屋の真上で停止すると、イホ・トロトは一瞬で状況を把握した。だがそれにより、頭のなかは混乱した。

外側のエネルギー・バリアの一部が開いたのが見えた。ロボットが中庭に入る。それと同時にバリア全体が崩壊した。暴走ロボットがその家を破壊しようとするなか、重装備のセランを着たイホ・トロトは現場に急行した。数秒の差が生死を分ける。いま、ロナルド・テケナーがエネルギー檻《おり》を使うわけにはいかない。そんなことをしては、老人の命が失われてしまう恐れがある。

トロトが壁の穴のすぐ前にきたとき、ロボットがブロンドのテラナーに発砲しようとしていた。

〝ジャッキー・アンダーソン〟ハルト人の計画脳が察知した。

イホ・トロトは最高速度で反応した。ロボットに飛びかかり、地面にねじ伏せようとする。分子破壊銃からはなたれた光線が家の屋根を消し去って大きな穴を開けたかと思うと、粉々になった屋根の瓦礫が床に降り注《そそ》いだ。

イホ・トロトはこのタイプのロボットに精通していた。後頭部付近に弱点がある。そこをめがけて両手の拳で殴りかかった。ロボットはバランスを崩し、近くにあった機材の山に倒れこんだ。

ジャッキー・アンダーソンはその場から逃げだした。

頭上で轟音が鳴り響いた。牽引ビームによってバンガローの屋根がもちあげられたのだ。屋根がとり除かれ、《ハルタ》の船体が視界にあらわれた。

「トロト、よけろ！」上空からテケナーの声が響いた。

ハルト人が脇へ飛びのいたかと思うと、宇宙船の下が光で満ちた。はなたれたエネルギービームが檻を構築し、大型ロボットの四方をとり囲んだのだ。さらに、ロボットの上と下にエネルギー・バリアを張りめぐらす。これをもって、エネルギー檻は完全に閉ざされたことになる。「成功だ、ロナルドス!」イホ・トロトが満足そうに叫んだ。

「特殊装備をもって、こっちへきてくれ」

「二分くれ」スマ・イラーが《ハルタ》のスピーカー越しに答えた。

「さて、次はきみだ、ジャッキー・アンダーソン」イホ・トロトは自由商人に歩み寄った。「ここでなにをしている? 本部からの指示を聞いてなかったのか?」

「問題を自分で解決したかったんです」組み立て主任はつぶやくようにいった。「どこかにエンモ・ウェイファァーも隠れているはずです」

「自分で解決だと!」ハルト人の巨体から大声が響いた。「われわれの介入が間に合ったことを幸運だと思え。でなければ、このロボットに殺されていたぞ」

「そのとおりだと思います。感謝もしています」だがその声色は、言葉の内容とは裏腹に反抗的だった。「ですが、わたしは運が悪かったのです。なぜか、決定的な瞬間にエネルギー・バリアが崩壊したのです」

そのとき、エンモ・ウェイファァーが瓦礫のあいだから這い出てきた。ずっとなにかをつぶやいているが、だれにも理解できなかった。老人は完全に狼狽《ろうばい》していた。

セランを着こんだロナルド・テケナーが到着した。これまたエネルギー・フィールドに包まれた人間の頭ぐらいの大きさの容器を携えている。コントロール装置を使ってそれをエネルギー檻へ近づけると、檻と容器の透明なフィールドが融合した。容器のなかにあった小さな物体が、身動きのとれないロボットの横にきた。

閃光がはしった。高エネルギービームがロボットの胴と頭を分離したのだ。

「これでこいつは無害になった」イホ・トロトは満足げだ。「さあ、ロボット胞子がまちがいなく存在しない場所へ戻ろう。《ハルタ》へ。もちろん、きみらもだ。ここはまだ安全ではない」

《ハルタ》がエネルギー・バリアで包まれたカプセルをよこした。カプセルに乗りこむ直前、ジャッキー・アンダーソンがハルト人に問いかけた。

「あのロボットは?」

「見てのとおり、われわれのゾンデが解体をはじめた。つづきは《ハルタ》船内で行なう。わたしが探しているものが見つかるまで、徹底的にやるぞ。ロボット胞子が、敵が、見つかるまで」

全員が宇宙船に入った。つづいて、もう動かなくなったロボットが、まだ完全に密閉されたまま運びこまれた。密閉状態を保ったまま、船内に残っていたゾンデもフルに動員してそのロボットを可能なかぎり細かく分解し、破片のすべてを顕微鏡で観察する。

イホ・トロトはその作業に一時間から二時間はかかると踏んでいた。トロトがその自動工程を監視しているあいだ、ロナルド・テケナーはジェニファー・ティロンとロワ・ダントンに状況を報告した。エンモ・ウェイファーとジャッキー・アンダーソンはハルト人のもとに残り、かれが設置したたくさんのスクリーンが映し出すゾンデからの映像を眺めていた。

「不審点が見つかりました」機械が早くも報告した。「ロボットのシントロニクス意識内に入りこんだ異物を発見しました。直径はおよそ二・五ミリメートル。その大きさの開口部はシントロニクスには存在しないため、自力で入りこんだとは考えられません」

その異物がスクリーンに表示された。

「マイクロモジュールだ」ハルト人がすぐに断定した。「こいつはおよそ二十の胞子でできている。ひとつひとつの胞子は、シントロニクスに入りこめるほど小さいのだ。そこでひとつ疑問が浮かぶ。マイクロ技術をこれほどまでに発想豊かに駆使できる者とは、いったいだれなのだ？」

「胞子を個別に観察するために」機械がいった。「モジュールを分解します」

「信じられん！」胞子のひとつの拡大映像を見たエンモ・ウェイファーがうめいた。

「ありえない！」

かれが見つめる先には、クモに似ているが、クモにしては脚が多すぎる微小なメカニズムがあった。

「ウェイファー、なにがいいたい?」ハルト人がたずねた。「この胞子を見たことがあるのか?」

「もちろん。〝アントゥス・フェニックス・ウェイファルス〟のサポート種族です。〝アントゥス・フェニックス・ウェイファルス〟というのは、わたしがフェニックスで発見したコビトアリのことです。〝アントゥス・フェニックス・ウェイファルス〟のサポート種族だと思っていたものが、昆虫ではなくて微小有機物であることがわかったのは、数日前のことでした。そのことを、すっかり忘れていた」

「ちょっと待て!」イホ・トロトが色めき立った。「このロボット胞子を知っているのか? こいつらはどこからきた?」

「森からアリ塚の土を持ち帰ったのです」昆虫学者がいった。「実際には、わたしを昔から手伝ってくれているカッポ148が運びました。観察するために、アリの集団をうちの中庭に定住させせました。そのときに、アリよりも小さなサポート種族がいることを発見したのです。あ、いえ、イホ・トロト、いまのは訂正します。最初は役たたずのサポート種族だと思っていたのです。簡単に死ぬからです」

「いまなんといった?」その語気のあまりの勢いに驚き、思わず脇に飛びのいて身をすくめた年老いた生物学者に、ハルト人は問いただした。「簡単に死ぬ? いまそういったのか?」

「わたしにはもう、なにがなんだか」エンモ・ウェイファーがつぶやいた。

「わたしが説明しましょう」ジャッキー・アンダーソンが割って入った。「マイクロモジュールかロボット胞子かは知りませんが、とにかくこいつらは六・〇一から六・〇七ギガヘルツのマイクロ波に照射されると崩壊するのです。つまり、この混乱を終わらせる方法がわかったということ。それが、あなたが知りたかった答えです」

イホ・トロトは《ハルタ》の中央司令室へ急いだ。

「アトランにつなげ」

数秒でアトランとの接続が確立した。

「アルコン人！」巨漢が大声でどなった。「いますぐ工場で、六・〇一から六・〇七ギガヘルツのマイクロ波を生成できる携帯型の照射器を製造してくれ。それがロボット胞子を撃退する武器になる。この声を聞いている全員に告ぐ。目に見えぬ敵を駆逐することは可能だ。答えは……」

「もう理解したわ、友よ」ジェニファー・ティロンが割って入った。「みんな、あなたに感謝している。必要な措置はすべて手配した」

「礼をいう相手はわたしではない」イホ・トロトが声のトーンをさげた。「ここに二名の命知らずがいる。エンモ・ウェイファーとジャッキー・アンダーソンだ。今回の功績はかれらのものだ。だが、喜ぶのはまだ早いぞ。ロボット胞子について、詳しいことはほとんどなにもわかっていない。すでにフェニックス全土に拡散している可能性がある。このような存在が繁殖し、攻撃をスタートさせた拠点と呼べる場所があるのかどうかもわからない。わたしは調査をつづける。そもそも、こいつらがどこからきたのかがわからんからな」

その言葉で最初の興奮がすこし冷めた。だが、かれのいうことはまちがっていなかった。

*

十八時間後、セルヴァ河沿いの工場で製造された最初のマイクロ波照射器が宇宙港に到着した。それまでの時間で、すでに既存の照射器をもちいて、いくつかの地域では浄化が行なわれていた。基本性能としてマイクロ波の照射ができる宇宙船はフルに稼働した。

浄化活動はマンダレーと宇宙港に集中していたが、宇宙港の地下施設では、携帯可能な小型の照射器がなければなにもできなかった。

いずれにせよマンダレーでは二日で封鎖が解かれた。エンモ・ウェイファーは、これでまた昆虫の研究がつづけられると大喜びだ。

まもなく《エプシロン》の造船所で作業を再開することになるであろうジャッキー・

アンダーソンは、あと二日ほど昆虫学者のもとに残ることにした。サプライズを期待していてほしいというひとことを残して、イホ・トロトとロナルド・テケナーに別れを告げた。

ハルト人は微小有機物の調査をほぼ終えていた。ほかの場所でも、捕獲したロボット胞子に対して同様の調査が行なわれたが、結果は一致していた。

顕微鏡下の調査のすえ、ロボット胞子がカンタロの技術であるという結論が出ても、実際のところだれも驚かなかった。

そしてこの結論から、自由商人の全員にとって、この騒動の首謀者は明らかだった。ダアルショルだ！　フェニックスにやってきたカンタロはダアルショルだけなのだから、ほかの可能性は考えられない。

自由商人の惑星に平穏と安心感が戻りつつあった。とはいえ、ロボット胞子による被害が甚大だったため、復旧作業はあと何週間かつづくだろう。それに、まだ完全に安心するわけにはいかない。散発的にマイクロモジュールによる被害が発生する恐れがあるからだ。

ペリー・ローダンとジュリアン・ティフラーの消息も不明なままだった。バス＝テトのイルナに対するアトランの不安も消えてはいない。

一週間後、状況はさらに改善していた。ロナルド・テケナーとロワ・ダントンは首脳陣の全員をマンダレーにある大集会場に集めた。微小な敵との戦いと混乱の日々は過ぎ去った。その事実を正式に認め、今後の活動方針を決めるための集会だ。

しかし、予定どおりにいかないのが、自由商人の生活というものだ。なごやかなムードのなか、ロナルド・テケナーが演台にのぼった。その瞬間、警報が鳴り響いたのだ。

スマイラーは集会をはじめることさえできないまま、主要メンバーとともに、臨時本部となることを想定して設けられていた隣室に入った。

「こちら宇宙監視局」声が聞こえた。「正体不明の宇宙船が接近中。故郷銀河の方角からあらわれました。宇宙要塞にはすでに警告ずみです」

「通信は？」スマイラーがたずねた。

「試みていますが、反応はありません。完全な照会は不可能ですが、テラの球型艦であると思われます」

突然、一枚のスクリーンが点灯した。ロナルド・テケナーの知らない顔が映し出された。しかし、まちがいなくテラナーだ。まばらな白髪でおおわれたはげ頭と赤らんだ大きな鼻が特徴的だ。

「はじめまして、友よ！」声が聞こえてきた。「わたしの名はグラトニク・スローヴァル、この船は《ナルヴェンネ》。みなさんはわたしのことも、この船に乗るおよそ二百名のテラナーのことも知らないでしょうが、ここにみなさんがよく知っているはずの人物がいます」

そういって、男が脇によけると、見慣れたアンブッシュ・サトーの顔があらわれた。

「自由商人のみなさん」超現実学者が話しはじめた。「ペリー・ローダンからのメッセージをもってまいりました。それ以外にも、報告したいことがあります。そちらのようすはいかがですか？」

「いまは大丈夫だ」ロナルド・テケナーがいった。「だが、きみが十日前にきていたら、着陸を許可できなかったぞ」

「話がよくわからないのですが」サトーが驚いた表情を見せた。

「まあ、いい。まずは着陸してくれ。あとでゆっくり話そう。きみたちから、いろいろな話が聞けるのだろう。こちらも、決して平穏だったわけではない」

＊

ほぼ丸一日がたった日暮れごろ、主要メンバーの全員がロナルド・テケナーとジェニファー・ティロンの住居に集まった。ロワ・ダントン、アトラン、イホ・トロトがそこにきたのは当然だが、エンモ・ウェイファァーとジャッキー・アンダーソンも招待されていた。昆虫学者はあたり前のようにカッポ１４８を連れてきていた。

《ナルヴェンネ》の代表者としては、アンブッシュ・サトー、船長兼第一パイロットのグラトニク・スローヴァルに加えて、魅力的な女性副長のパルヴィニッタ・フラゴングも参加していた。

超現実学者アンブッシュ・サトーの説明を聞いて、自由商人たちは驚いた。二百メートル級球型艦の《ナルヴェンネ》の船載シントロニクスには、いわゆるウイルス壁を突き破るほどの力をもつアルゴリズムが備わっているというではないか。しかもこの船には、《シマロン》&《ブルージェイ》遠征隊のパルス・コンヴァーターが、修理された万全の状態で搭載されているそうだ。

この知らせは、あっというまに惑星住民に知れ渡った。《ナルヴェンネ》はヴィッダーという故郷銀河の内側で活動するレジスタンス・グループの所有する船だった。加えてアンブッシュ・サトーは、過去三カ月におけるペリー・ローダンの活動についても報告した。それらはどれも、目の前の問題を直接解消するわけではないが、ポジティヴな知らせであることは確かだった。自由商人とて、突然すべてが解決する奇跡を期待していたわけではない。

その日の午後、超現実学者はアルコン人とともに、セルヴァ河沿いの工場で建造されていた二基のパルス・コンヴァーターを視察した。どちらももうすこしで完成する。あと数日といったところだろう。

しかし、本当の驚きは、晩餐のさいにアンブッシュ・サトーによってもたらされた。

「みなさん、きいてください」サトーは話しはじめた。「あなたたちも、ペリー・ローダンが現状報告をさせるためだけに、われわれをフェニックスに送りだしたとは思っていないでしょう。あなたたちの助けが必要なのです」

「われわれはなんだってするぞ」ロナルド・テケナーが力強く応じた。

「ローダンは自由商人の船五隻と《ナルヴェンネ》が船団を組んでいますぐにも出発することを望んでいます。目的地は、クロノパルス壁、そしてわたしがすでに報告したウイルス壁の内側にあります」

「その話には驚いたが」ロワ・ダントンがいった。「もちろん、協力は惜しまない」

「もうおわかりだと思いますが」サトーはつづけた。「このコードネーム〝ズールー〟を冠した作戦を実行するには、特殊な手段が必要です。われわれにはいま、《ナルヴェンネ》のアルゴリズムがあり、数日後には二基のパルス・コンヴァーターが完成します」

「コードネーム〝ズールー〟」アトランがつぶやいた。「その裏には特殊な潜伏場所かなにかが潜んでいるのでは？」

「そのとおり」超現実学者が意味ありげに目配せをした。「いまいえるのは、その目的地は球状星団M‐55の内側にあるということだけです。パルス・コンヴァーターが完成するまでの時間を利用して、船団を編成する五隻の船とその乗員を決めることにしましょう。この点はあわてる必要はありません。それよりも気になるのは、あなたたちを混乱に導いたロボット胞子の話です。カンタロの技術力に関する情報はどれもきわめて貴重ですからね」

「すでに報告したように」ロナルド・テケナーが断定した。「あれはまちがいなくダアルショルの仕業だ」

「あなたたちの報告は興味深い。カンタロの技術もね。ですが、不明な点もすくなくありません。この微小技術は、実際のところどのように機能するのか？　ダアルショルはどうやってコントロールしたのか？　生きた状態、といっていいのかどうかはわかりませんが、とにかく、活動している胞子を観察した者はいないそうですね。やはり、疑問はまだまだつきそうにありません」

「そのとおりだ」イホ・トロトが認めた。「残念だが、完全究明にはいたらなかった」

「そうとはいえません」驚いたことに、反論したのはよりによって年老いた昆虫学者のウェイファーだった。「わたしの友、ジャッキー・アンダーソンがご説明いたします」

組み立て主任が二センチメートル四方の透明なキューブをとりだしてテーブルに置いたとき、二度めの驚きが広がった。キューブのプラスティックのような素材が色とりどりの反射を生み出した。キューブの内側には、ひときわ大きなマイクロモジュールの姿が見えた。

部屋が静かになるのをアンダーソンは待った。イホ・トロトだけがすでに、その大きめのモジュールがロボット胞子でできていることを見抜いていた。

「これが、今回の混乱の元凶です」ジャッキー・アンダーソンが話しはじめた。「たくさんの点をつなぐことで、ようやく線が見えてきました。最初に、わたしがクリス・ウェイファーを脅迫したと、カッポがでたらめな証言をしました。ところがのちに、カッポはその証言をしたことすら覚えていませんでした。エンモ・ウェイファーがカッポのメインユニットを予備のユニットと交換したからです。ですがそのさい、メモリーは交換しませんでした。そうこうするうちにみなさんは、目に見えない敵にはふたつの中心地があると発表しました。マンダレーと宇宙港です。そしてマンダレーにおける中心地は、エンモ・ウェイファーの家のあたりだと。イホ・トロトは、そのあたりにある種の母体があるのではないかと疑っていました。そして、わたしは見つけました。こいつがそれです。だが、見つけただけではない。このモジュールのデータを宿主へ転送することにも成功しました。つまり、ロボット胞子の能力の全貌が明らかになったのです」

そこにいた全員が、アンダーソンの知らせの重要さを理解した。ハルト人は、アンダーソンがサプライズを期待していてほしいといったのを思い出した。

「不審な点はほかにもありました」ジャッキー・アンダーソンがつづけた。「マンダレーにいたほぼすべてのロボットが暴走したにもかかわらず、カッポ148はまったく正常でした。それだけではありません。ウェイファーの家は攻撃の対象になりませんでした。そのころから、じつは怪しいと思っていたのです。《ハルタ》の船内も無事でした。では、ロボット胞子はマンダレーからどうやって宇宙港へ移動したのでしょうか？　もちろん、こいつらはすばやく、機動性に富み、移動のために反重力フィールドさえ生成することができますが、マンダレーと宇宙港ほどの長距離を移動するには、なんらかの手段を使ったはずです。そして、クリス・ウェイファーこそがその移動手段だったのです。まちがいありません。もちろん、クリス自身はそのことに気づいていませんでした。ロボット胞子がクリスに付着し、クリスは連日自宅と造船所のあいだをいったりきたりした。ロボット胞子の攻撃が行なわれたふたつの場所を考えた場合、この考え方がもっともしっくりきます」

「そのとおりだ！」ハルト人がうなった。

「ええ」アンダーソンは楽しんでいるようだ。「真実を知りたいという、わたしの強い思いが、今回は役にたったようです。そのさい、この怪物たちはミスを犯しました。暴走したロボットがバンガローに侵入したとき、何者かがエネルギー・バリアを解除したのです。だれだと思いますか？　こいつです！」そう叫んで、キューブに入ったマイクロモジュールを指した。「こいつはそのときどこにいたのか？　そう、カッポ148のなかです。マイクロ波を受けて機能をほぼ停止していましたが、カッポのメインユニットのシントロニクスにいました。別の部分のシントロニクスにも」

「そのとおりです」頭を回転させながら、黒いロボットがいった。「その説明をするために、わたしはここにいます。モジュールから得られたデータを通じて、ダアルショルがおよそ十万のロボット胞子を小さなカプセルに入れてこの惑星にもたらしたことがわかりました。最初の脱走劇のはじめの三時間のあいだに、ダアルショルはエンモ・ウェイファーの庭で胞子をばらまいたのです。前もって、最初の活性化の時点をプログラミングしていました。自分がいつフェニックスを離れられるかわからなかったので、八カ月ほどの余裕をもたせていたようです。混乱が起こるころには、自分はもう遠くへ逃げている、というわけです。そのプログラムの目的はきわめて単純、〝破壊〟でした。ダアルショルはフェニックスの滅亡をもくろんでいたのでしょう」

「ロボット胞子の活動に関する詳細は、別の報告にまとめました」ジャッキー・アンダーソンが付け足した。「ただ、いくつか指摘しておきたいことが。どのモジュールもだいたい十から百の胞子で構成されているのですが、みずからの存在意義を理解していて、限定的ながら理にかなった知性をもちいてプログラムされた目的、つまり破壊行動を実行していました。加えて、すでに示唆したように、みずからの移動のために反重力フィールドを展開および制御する能力ももっていました。しかし、強調すべき特性はほかにあります。ここにいるマザーモジュールが発信するインパルスが大いに関係しているのですが、こいつらは周囲の物質を利用して、あらたなロボット胞子を生み出すことができるのです。ダアルショルはおよそ十万の胞子をばらまきました。攻撃をはじめた時点で、その数はすでに百万を超えていたでしょう。それらがロボット、シントロニクス、そのほかの自動システムに侵入し、だれも気づかないうちにモジュールを形成したのです……」

しばらく沈黙がつづいたあと、アンブッシュ・サトーがこう結論づけた。

「圧倒的に高度な技術を見せつけられても、絶望してはなりません。今回のロボット胞子の例がふたたび示したように、われわれの敵はじつに強力です。今回はあなたたちが機転を利かせて、運よく撃退できました。この勝利を祝おうではありませんか。ただし、これからももっと困難な日々が待ち受けていることを忘れないでください」

アポロ18号の殺人（上・下）

THE APOLLO MURDERS

クリス・ハドフィールド

中原尚哉訳

一九七三年、米ソ冷戦下に軍事目的で実現した最後の月面着陸ミッション、アポロ18号。打ち上げ直前の事故によるクルー変更にもかかわらず、予定どおり月へ向かったが、その船内には破壊工作の容疑者がいた⁉　架空のアポロ18号を題材にして宇宙飛行士の著者が描いた、迫真の改変歴史ＳＦスリラー。解説／中村融

ハヤカワ文庫

最後の宇宙飛行士

THE LAST ASTRONAUT

デイヴィッド・ウェリントン

中原尚哉訳

二十年にわたり宇宙開発が停滞した近未来、普通にはありえないコースで地球をめざす天体２Ｉが発見される。異星の宇宙船か？　ＮＡＳＡは急遽、探査ミッションを始動する。だが、未知の異星人との接触を期待して２Ｉに接近した宇宙飛行士たちを、衝撃の事実が待ち受けていた……新世代ファーストコンタクトＳＦ

ハヤカワ文庫

ブレーキング・デイ

—減速の日—（上・下）

Braking Day

アダム・オイェバンジ

金子 司 訳

植民船団がＡＩ統制下の地球を脱出して百三十二年。三隻の世代宇宙船は目的地到着を前にドライヴ機関を再稼働させる〝減速の日〟の準備に追われている。そんななか機関部訓練生ラヴィは宇宙空間で一人の少女を見かけた……宇宙服なしの姿で⁉　世代宇宙船を舞台に新鋭が鮮やかに描く驚嘆の物語。解説／鳴庭真人

ハヤカワ文庫

ミッキー7

MICKEY7

エドワード・アシュトン
大谷真弓訳

使い捨て人間《エクスペンダブル》——それがミッキーの役割だ。氷の惑星でのコロニー建設ミッションにおいて危険な任務を担当し、死ぬたびに過去の記憶を受け継ぎ新しい肉体に生まれ変わる。だがある任務から命からがら帰還すると次のミッキーが出現していて……!?　極限状況下でのミッキーの奮闘を描くSFエンタメ!　解説/堺三保

ハヤカワ文庫

訳者略歴　1970年生，高知大学人文学部独文独語学科卒，フリードリヒ・シラー大学イエナ哲学部卒，翻訳家・日本語教師　訳書『《バルバロッサ》離脱！』エルマー＆マール，『永遠への飛行』ダールトン＆マール（以上早川書房刊）他多数

HM=Hayakawa Mystery
SF=Science Fiction
JA=Japanese Author
NV=Novel
NF=Nonfiction
FT=Fantasy

宇宙英雄ローダン・シリーズ〈723〉

ウウレマの遺伝子奴隷《いでんしどれい》

〈SF2458〉

二〇二四年十月 二十 日　印刷
二〇二四年十月二十五日　発行

（定価はカバーに表示してあります）

著　者　K・H・シェール　ペーター・グリーゼ
訳　者　長谷川《はせがわ》　圭《けい》
発行者　早　川　　浩
発行所　株式会社　早川書房

郵便番号　一〇一 - 〇〇四六
東京都千代田区神田多町二ノ二
電話　〇三 - 三二五二 - 三一一一
振替　〇〇一六〇 - 三 - 四七七九九
https://www.hayakawa-online.co.jp

乱丁・落丁本は小社制作部宛お送り下さい。
送料小社負担にてお取りかえいたします。

印刷・信毎書籍印刷株式会社　製本・株式会社明光社
Printed and bound in Japan
ISBN978-4-15-012458-8 C0197